Impressum:

© 2020 Sandra Stark-Kreft
Umschlag, Illustration: Sabine Rudersdorf

Verlag und Druck
tredition GmbH
Halenreie 40-44
22359 Hamburg

ISBN
Paperback: 978-3-347-07944-1
Hardcover: 978-3-347-07945-8
e-Book: 978-3-347-07946-5

Sandra Stark-Kreft

Sommer-Tänzerinnen

Eine Kira und Fine Geschichte

Liebst du den Tanz?

Das Pferd ist dein Tänzer,

Ein Tänzer in die Unendlichkeit!

Aus dem Schwung den Du ihm mitteilst,

erfolgt die Leichtigkeit, erfolgt das Schweben!

Alle Kräfte fühlst du sich unter

Deinem Sattel vereinigen,

Die Welt fließt an Dir vorüber,

ein Tänzer trägt Dich davon!

(König Ludwig, König von Bayern,

18. Jahrhundert)

Kennenlernen – Das Turnier

Im versammelten Galopp auf die Mittellinie abwenden X im Mittelpunkt halten. Grüßen".

Der neunjährige Lukas verzieht das Gesicht: „Was für ein langweiliger Ausflug, und wie albern die angezogen sind mit ihren weißen, engen Hosen und ihren schwarzen Jacken. Da kannst du froh sein, dass du diesen Monat dran bist mit Ausflug aussuchen. Nächsten Monat wird es wieder cooler, da bin ich nämlich endlich wieder an der Reihe."

Peinlich berührt zischt Kira ihren kleinen Bruder an: „Sei doch leise, wie unangenehm ist das denn? Die Leute gucken ja schon. Und außerdem: Was gibt es schon Aufregenderes als ein Reitturnier?"

Kira ist 13, da ist eigentlich alles peinlich vor allem kleine Brüder und ihre Sprüche aber ihre Mutter ist toll. Sie arbeitet so oft es geht als Reinigungsfrau in einer großen Firma. Außerdem dürfen sich die Geschwister abwechselnd jeden Monat einen Ausflug aussuchen, und dann wird gemacht, was die Kinder wollen. Diesen Monat ist Kira dran. Sie hat sich ausgesucht ein Reitturnier zu besuchen. Kira liebt Pferde, und es wäre ihr größter Traum, einmal ein eigenes Pferd zu haben. Bevor ihr Vater, Martin Gösser, vor einem Jahr gestorben ist, durfte Kira einmal in der Woche Reitunterricht in einem Stall ganz in der Nähe ihres Zuhauses nehmen. Dafür ist jetzt kein Geld mehr da. Trotzdem ermöglicht ihre Mutter ihnen jeden Monat einen Ausflug.

Allerdings darf dieser nicht mehr als 20 € kosten, da bleibt leider nicht viel Auswahl.

Freizeitparks oder große Kinobesuche mit Popcorn und Cola sind da nicht drin, aber das macht nichts. Hauptsache sie machen etwas zusammen.

Kira und ihr Bruder sind noch sehr traurig, weil ihr Vater nicht mehr bei ihnen ist, und sie vermissen ihn so sehr. Aber für ihre Mutter ist es noch viel schwerer. Martin Gösser war ein toller Vater und Ehemann. Er hatte in seinem Job als Lieferant nicht viel verdient, aber das war nie ein Problem. Nur jetzt reicht das Geld hinten und vorne nicht mehr. Nächsten Monat, das ist dann im April, darf Lukas wieder einen Ausflug aussuchen, dann wird es bestimmt wieder eine Oldtimer Ausstellung oder – wenn sie Glück hat – der Kletterwald.

Kira ist ein sehr hübsches dreizehnjähriges Mädchen. Von ihrem Vater hat sie die blonden, leicht gewellten, dichten Haare geerbt und von ihrer Mutter die großen, braunen Augen. Sie ist schlank aber nicht mager. Eigentlich kann Kira sich und ihren Körper ganz gut leiden, bis auf ihre Arme, die findet Kira zu muskulös.

Auf einmal wird es ganz still auf der Tribüne in der großen hellen Reithalle. Die Zuschauer stecken die Köpfe zusammen und murmeln bewundernd: „Ah, da ist sie ja!" „So ein schönes Pony!"

Kira schaut in die Reitbahn und tatsächlich: So ein schönes Pony und so ein harmonisches Paar hat sie noch nie gesehen.

„In der Bahn begrüßen wir nun die Nummer 84, Josefine von Bodenhausen mit der sechsjährigen Rappstute Famous Dancer abstammend von Famous Dreamboy aus einer Royal Mutter."

„Was redet der Ansager denn da für einen Quatsch?", will Lukas wissen.

„Sei still", meckert Kira „ich will da jetzt genau zusehen!" Das lackschwarze Pony macht seinem Namen alle Ehre: Es tanzt durch die Bahn. Jede Lektion gelingt mühelos. Die Reiterin trägt keine Sporen und hat auch keine Gerte dabei. Sie scheint mit dem Pony zu verschmelzen, denn man sieht keine Hilfen. Jetzt wendet sie auf die Mittellinie ab hält im Mittelpunkt der Halle und grüßt. Das Publikum jubelt begeistert. Auch Kira klatscht verzückt in die Hände. Die Reiterin mit dem adligen Namen lächelt und umarmt den Pferdehals, um sich bei dem Pony für die tolle Leistung zu bedanken.

Nun hört man wieder den Ansager aus den Lautsprechern: „Für Josefine von Bodenhausen und Famous Dancer ergibt sich eine Wertnote von 8,2. Damit ist das Paar qualifiziert für das internationale Pony Festival im September in Belgien. Herzlichen Glückwunsch."

„Das war wirklich ein wunderschöner Ritt!", hört Kira ihre Mutter sagen, „aber jetzt müssen wir leider nach Hause."

Lukas jubelt: „Na das wird aber auch Zeit!"

Die Familie verlässt die Tribüne und macht sich auf den Weg Richtung Bushaltestelle. Dafür müssen Sie einmal um die Halle herum laufen. Auf einmal hört man lautes Hufgetrappel, und wie aus dem Nichts kommt das schwarze Pony auf sie zu galoppiert. Kiras Mutter und ihr Bruder springen zur Seite, aber das Mädchen bleibt stehen und stellt sich dem Pony in den Weg. Mutig greift sie in die Zügel und schafft es tatsächlich, das Pony zum Stehen zu bringen. Die Nüstern des Ponys sind weit aufgestellt, und es schnaubt laut. Das eigentlich schwarze

Fell ist am Hals weiß, weil es vor Aufregung schwitzt. Kiras Herz klopft wie wild, während sie versucht, das aufgeregte Tier zu beruhigen. Sie streichelt ihm sanft über den Hals und spricht beruhigend auf es ein. Tatsächlich scheint es zu funktionieren. Das schwarze Pony beruhigt sich langsam.

Da kommt die Reiterin um die Ecke der Reithalle gerannt, ihr folgen ein Mann und ein Junge, der wohl etwas älter ist als Kira selbst. Die Reiterin ruft erleichtert und glücklich: „Ach, was ein großes Glück, dass du da warst und Dancer aufgehalten hast. Hinter der Halle hat jemand ein Quad angelassen. Das ist das einzige, wovor Dancer Panik hat. Sie hat sich erschreckt und ist los gerannt! Ich habe nicht aufgepasst, und da vorne ist sofort die Hauptstraße. Da hätte ein großes Unglück passieren können."

Die drei kommen auf Kira und das Pony zu. Der Junge nimmt ihr die Zügel aus der Hand, und das Mädchen fällt ihr um den Hals. „Ich bin Josefine, aber für dich Fine, weil du mein Pony gerettet hast. Das ist Herr Habermann mein Trainer und der Stallbesitzer, und das ist Jakob, einer seiner Söhne."

Josefine ist ein sehr hübsches, schlankes Mädchen mit einem langen schwarzen Zopf, der fast so glänzt wie das Fell von Dancer. Ihre Augen leuchten blau, und sie scheint immer zu lächeln. Vielleicht kommt das Kira aber auch nur so vor, weil das Mädchen so erleichtert ist, dass dem Pony nichts passiert war.

„Magst du Pferde?", will Josefine wissen.

„Natürlich!", antwortet Kira.

„Ich würde mich gerne bei dir bedanken dafür, dass du Dancer gerettet hast. Vielleicht hast du Lust, mal mit mir gemeinsam in den Stall zu fahren. Ich habe noch ein anderes Pony, das ist ganz brav. Wir könnten einen kleinen Ausritt machen, wenn du dich traust."

„Und ob sie sich traut!", ruft Lukas. „Meine Schwester ist wirklich eine tolle Reiterin!"

„Na, dann ist ja alles klar!", lacht Josefine.

Herr Habermann und sein Sohn Jakob schütteln allen die Hände und bedanken sich noch einmal. Die Mädchen tauschen ihre Telefonnummern und verabreden sich für den nächsten Mittwoch.

Die Busfahrt und den Fußweg nach Hause über schwebt Kira wie auf Wolken. Sie würde endlich wieder einmal reiten dürfen. Sie träumt davon, auf einem schwarzen, wunderschönen Pony über eine grüne Wiese zu galoppieren, und ein kleines bisschen träumt sie auch von dem großen, blonden Jakob mit den zerzausten Haaren. Und vielleicht könnte aus dem Mädchen mit dem adligen Namen ja eine Freundin werden! Was für ein Glück, dass der Familienausflug diesmal auf ein Reitturnier geführt hat.

Auf diese Weise hatte sie Josefine von Bodenhausen kennengelernt.

Familie Gösser – Tage des Wartens

Lukas, Kiras Mutter, Julia Gösser und sie selbst biegen um die letzte Straßenecke vor ihrem Zuhause. Na ja, ein richtiges Zuhause ist es für Kira nicht so wirklich. Nach dem Tod ihres Vaters musste die Familie hier einziehen. Die Wohnung liegt im 4. Stock eines Hauses mit 20 Mietparteien, und das Haus liegt in einem Block mit drei weiteren solchen Häusern. Früher wohnten sie in einer hübschen Wohnung und durften sogar den Garten mitbenutzen.

Nun, dafür hat das Haus jetzt einen Aufzug, und die Wohnung hat einen kleinen Balkon. Leider ist die Wohnung nicht sehr groß, sodass sich Lukas und Kira ein Zimmer teilen müssen. Aber Mama hat das toll gelöst, indem sie eine dünne Trennwand eingezogen hat. Nun können die Kinder sich zwar immer hören, aber ein bisschen Privatsphäre haben sie jetzt doch.

„So, ihr Lieben, es ist später Sonntagnachmittag. Jetzt kontrolliert bitte eure Schultaschen. Falls ihr irgendwelche Hausaufgaben vergessen habt, macht sie bitte noch, und packt die Sachen für morgen zusammen", ermahnt Julia Gösser ihre Kinder.

Kira seufzt. Sie muss noch zwei Seiten Englischvokabeln lernen. Dazu hat sie jetzt eigentlich gar keine Lust. Sie würde sich viel lieber in ihr Bett verkriechen und weiter von Pferden träumen. Aber sie geht gerne zur Schule. Sie besucht die siebte Klasse der Albert-Einstein Gesamtschule in Borkfeld. Kira will auf jeden Fall Abitur machen, um dann einen guten Beruf erlernen zu können und genug Geld zu verdienen, um ein entspanntes Leben zu haben.

Na, und natürlich, um ihre Mutter zu unterstützen. Kira scheint dazu auf einem guten Weg zu sein. Ihre Noten sind alle gut, na ja bis auf Kunst. Zeichnen und Malen mit Ölfarben ist einfach nicht ihr Ding. Ihre Werke sehen immer aus wie die von Dreijährigen, die mit verbundenen Augen gemalt haben. Jetzt setzt sich Kira an den Schreibtisch und büffelt die Vokabeln.

Später essen Lukas, Kira und ihre Mutter gemeinsam Abendbrot und lassen den Tag noch einmal Revue passieren. Lukas und Julia Gösser freuen sich mit Kira über das unerwartete Ereignis und die Möglichkeit, endlich noch einmal auf einem Pferd zu sitzen.

„Hast du denn eigentlich noch eine Reitausrüstung?", will Lukas wissen.

Kira ist sich nicht so sicher, ob die Reithose noch passt. Schließlich hatte sie die ein Jahr nicht mehr an. Sie läuft schnell ins Kinderzimmer und kramt die Hose aus der hintersten Ecke ihres Schrankes. Kira quetscht sich in die Hose, zieht den Bauch ein und schließt den Knopf. Dann läuft sie zurück in die Küche. „Geht schon!", japst sie.

Kiras Mutter runzelt die Stirn: „Na ja, passen ist etwas anderes, aber für einmal wird es schon gehen. Du musst lange Socken darüber ziehen, damit man nicht sieht, wie viel die Hose zu kurz ist."

Kira denkt, dass ihre Mutter recht hat. Für das eine Mal wird es wohl passen. Es wäre auch kein Geld für eine neue Reithose vorhanden. Und wahrscheinlich hat das Mädchen mit dem adligen Namen die Verabredung schon längst wieder vergessen!

Am nächsten Tag, das ist der Montag, geht Kira gut gelaunt in die Schule. Sie schreibt den Englisch Vokabeltest und hat das Gefühl, dass es eine gute Note dafür geben wird. Nachmittags hilft sie ihrer Mutter beim Einkaufen, und gemeinsam backen sie Brot und einen Kuchen. Lukas besucht einen Freund und kommt erst am Abend nach Hause.

Am Dienstag in der Schule ist Kiras Laune schon nicht mehr so toll. Zum einen hat sich Josefine nicht bei ihr gemeldet, und zum anderen hat sie in den letzten beiden Stunden Kunst. Das Thema ist realistische Malerei. Na, das wird ein Riesenspaß.

Am Nachmittag ist Kira richtig bedrückt. Josefine hat sich nicht gemeldet. Dann war die Dankbarkeit und die Freude wohl nur so daher gesagt. Sie sitzt jetzt bestimmt mit dem blonden Jakob in einem Café und lacht über Kira, die glaubt, nur weil man ein Pony einfängt, dürfe man direkt auf eine Verabredung und einen Ausritt hoffen. Na, dann eben nicht, denkt sich Kira. Nur nicht entmutigen lassen.

Sie ruft Lukas und bietet ihm an, auf dem Hof eine Runde Fußball mit ihm zu spielen. Das lässt er sich nicht zweimal sagen, schnappt sich seine Turnschuhe und rennt die Treppen zum Hof herunter. Kira kann ihm kaum folgen. Nachdem sie sich richtig ausgetobt haben, schaut Lukas seine Schwester von der Seite an: „Sei nicht traurig, vielleicht meldet sie sich ja noch."

Kira nimmt ihren Bruder in den Arm und sagt :„Und wenn nicht, dann hab ich ja immer noch dich!"

Die Kinder lachen und laufen zurück zum Haus. Auf dem

Weg treffen sie Frau Pfeiffer, die sich mit zwei Einkaufstüten abmüht. Schnell nehmen sie ihr die schweren Taschen ab und tragen sie zum Aufzug. Frau Pfeiffer bedankt sich und gibt jedem einen kleinen Schokoriegel.

„Aber Frau Pfeiffer das ist doch nicht nötig!"

„Doch, doch das ist schon nötig, und das mache ich sehr gerne. Ihr seid so nette Kinder!" Gemeinsam fahren sie mit dem Aufzug nach oben. Frau Pfeiffer steigt im dritten Stock aus und wünscht den Kindern noch einen schönen Tag. Lukas und Kira fahren noch ein Stockwerk weiter, bis zur vierten Etage. Dort steigen sie aus und klingeln an der Wohnungstür. Vorhin haben sie im Fußball Fieber ganz vergessen, den Haustürschlüssel mitzunehmen, und Kira hat auch ihr Handy im Zimmer liegen gelassen.

Julia Gösser begrüßt die Kinder fröhlich und schickt sie erst mal zum Händewaschen und dann in die Küche: „Für jeden von euch habe ich einen kleinen Brownie gemacht; schnappt ihn euch, und ihr dürft ihn sogar mit in euer Zimmer nehmen. Guten Appetit!" Die beiden nehmen sich die kleinen Kuchen und bedanken sich bei ihrer Mutter. Lukas setzt sich an den Küchentisch und zieht mit dem Fuß seine Schultasche heran. Er muss noch ein paar Matheaufgaben erledigen. Kira geht mit dem Brownie ins Kinderzimmer.

Für einen Moment hat sie ihre Enttäuschung über den nicht stattgefundenen Anruf vergessen. Jetzt seufzt sie und denkt sich: „Ach, na dann eben nicht!" Sie wirft sich rückwärts auf ihr Bett. Dann fasst sie neben sich und tastet nach ihrem Handy. Sie öffnet ihre Nachrichten. In ihrer Klassengruppe fragt Tom nach den Englischhausaufgaben. Kira muss laut kichern. Tom fragt jeden Tag nach irgendwelchen Hausaufgaben. Was macht der nur während des Unterrichts? Zuhören wohl kaum. Aber zwei Mitschüler haben schon reagiert und seine Fragen beantwortet. Und dann ist da noch eine Nachricht. Kira wird es plötzlich ganz flau im Magen.

Es ist eine Nachricht von Josefine von Bodenhausen! Nein. es sind sogar zwei Nachrichten! Die erste ist ein schüchternes Hallo? In der zweiten hört sich Josefine ganz traurig an: „Schade dass du dich nicht gemeldet hast. Ich dachte du würdest gerne einmal mit mir zum Stall fahren!" Sie schrieb weiter, dass sie sich freuen würde, wenn Kira sich vielleicht doch noch melden würde.

Kira ist total perplex. Es handelt sich um ein Missverständnis!!! Kira hatte gedacht, Josefine würde sich zuerst melden, und umgekehrt hat Josefine das auch von Kira gedacht. Sie jubelt laut und hüpft im Zimmer herum.

Ihre Mutter steckt den Kopf zur Tür herein: „Alles gut?"

„Und ob," ruft Kira begeistert.

Ihre Mutter schüttelt lächelnd den Kopf und schließt die Tür. Kira nimmt ihr Handy und liest die Nachrichten noch einmal durch. Dann antwortet sie: „Hallo Josefine. Natürlich möchte ich mit dir zu den Ponys fahren. Ich hatte mich nur nicht getraut, dir zu schreiben."

Auf Antwort muss sie nicht lange warten. Josefine schlägt vor, dass Kira zu ihr nach Hause kommt und sie dann gemeinsam zum Stall fahren. Kira läuft zu ihrer Mutter in die Küche und fragt, ob das ok ist.

Julia Gösser stimmt zu, obwohl sie normalerweise erst die Eltern von Kiras Freunden kennenlernen möchte. Aber sie merkt, wie viel dieses Treffen ihrer Tochter bedeutet. Sie wünscht ihr, dass sie nicht enttäuscht wird.

Kira schreibt, dass sie einverstanden ist. Josefine gibt ihr die Adresse durch: Rosenallee 1. Von der Straße hat Kira noch nie gehört, aber es klingt ziemlich nobel. Josefine beschreibt noch den Weg zu ihr nach Hause, und die Mädchen beschließen, sich am Mittwoch gegen 15 Uhr zu treffen.

Nach einer kurzen Verabschiedung legt sich Kira wieder auf ihr Bett und verschränkt die Hände im Nacken: Was ein Glück, und was für ein schöner Tag. An diesem Abend geht Kira früh zu Bett, aber weil sie so aufgeregt ist, dauert es eine ganze Weile, bis sie einschlafen kann.

Die Tür – Das Leben der Reichen

Der Mittwochvormittag zieht sich dahin wie alter Kaugummi, Erst zwei Stunden Deutsch bei Frau Bäuer, wobei Kira froh ist, dass sie ein Mädchen und gut in Rechtschreibung ist. Die wilden Jungs in ihrer Klasse kann Frau Bräuer nämlich gar nicht leiden und lässt sie das auch spüren. Danach Sport, das ist ja an sich gut, aber Rhythmische Sportgymnastik mit Bällen und Bändern bei Herrn Jollinek, der wie eine Ente durch die Turnhalle watschelt und dabei über elegante Bewegungen referiert, ist schon grenzwertig. Der einzige Lichtblick an diesem Schultag ist die Doppelstunde Physik bei Herrn Scheffermann. Herauszufinden, wie Licht sich ausbreitet und welche Bedingungen für eine Schattenbildung notwendig sind, findet Kira spannend. Außerdem ist Herr Scheffermann cool.

Dann ist die Schule endlich vorbei, und Kira macht sich auf den Heimweg. Ob sie wirklich ihre alte, viel zu kurze Reithose mit zu Josefine nehmen soll? Und wenn die sie dann auslacht? Ach, es ist ja nicht wirklich wichtig. Das wird heute sowieso ein einmaliges Treffen, und da kann es Kira ja egal sein, was das andere Mädchen von ihr denkt.

Zu Hause angekommen, stochert Kira nur im Möhrengemüse herum. Lukas ist auch schon von der Schule zurück. Er fragt besorgt: „Kira, du isst ja gar nichts. Du wirst doch wohl nicht krank oder?"

Kiras Mutter lacht: „Nein, das glaube ich nicht, Lukas. Ich

denke, sie ist einfach nur aufgeregt."

Kira muss zugeben, dass das stimmt, aber sie freut sich auch wie verrückt. Gegen 14 Uhr macht sie sich auf den Weg, mit zu kurzer Reithose und dem alten Reithelm im Rucksack. Kiras Mutter ruft ihr hinterher, sich zwischendurch zu melden, damit sie weiß, dass alles in Ordnung ist. Das Mädchen nickt und läuft los, sie nimmt den Bus und muss zweimal umsteigen. Zum Glück hat sie ihre Schul-Busfahrkarte, sonst wäre das eine teure Fahrt.

An der Blumenstraße steigt sie schließlich aus. Das hat Josefine ihr geschrieben. Dann geht sie bis zur nächsten Straßenecke und weiter nach rechts in den Weidenweg. Hier sehen die Häuser ganz anders aus, als in ihrem Wohnblock. Es sind schicke Einfamilienhäuser und manche haben einen Vorhof, der so groß ist, dass man darauf Fußball spielen könnte. Aber Kinder scheint es hier nicht zu geben, jedenfalls sieht Kira kein einziges. Aber vielleicht ist draußen spielen für die hier lebenden Kinder auch nicht gut genug, und sie verbringen ihre Freizeit lieber strukturiert mit Sport- und Musikunterricht und von den Eltern organisierten Verabredungen.

Kira geht bis zum Ende des Weidenwegs. Dort befindet sich ein großer Wendeplatz. Von dem führt eine einzige, schmale Straße ab. Rechts und links von der Straße stehen gepflegte kleine Bäume. Und überall zwischendurch finden sich Rosensträucher. Wahrscheinlich heißt die Straße deshalb Rosenallee, oder umgekehrt hat vielleicht jemand wegen dem Straßennamen so viele Rosen gepflanzt. Hier stehen keine Häuser, und Kira ist verunsichert und ein bisschen ängstlich.

Nach etwa 300 Metern taucht hinter einer Wegbiegung das Haus Rosenallee 1 auf. Und die Straße ist da auch zu Ende.

Josefine wohnt also in einer privaten Straße in der nur ein einziges Haus, nämlich ihres, steht! Und Haus kann man das auch kaum nennen. Es ist eine riesige, weiße Villa mit einer unglaublich hohen, weißgetünchten Mauer um das ganze riesige Grundstück! Ein zwei Meter hohes Tor mit geschwungenen Stäben, sorgt dafür, dass Unbefugte nicht einfach auf den Vorplatz des Hauses fahren.

Kira bleibt überwältigt stehen und schaut sich das Haus genauer an. Es hat drei Stockwerke, die jeweils von kleinen verschieferten Dachabschnitten unterteilt sind. Die Eingangstür besteht aus 2 Flügeln und ist fast so breit wie ein Garagentor. Auf beiden Seiten ragen weiße Säulen nach oben, vorbei an einem ovalen Balkon mit einer geschwungenen, weißen Balkonumrandung, bis zu einem Dachvorbau, an dessen Giebel ein Wappen angebracht ist. Das Haus ist so groß, dass hier unmöglich nur eine Familie leben kann.

Kira bekommt Angst und sie fühlt sich klein und ganz unbedeutend. Am liebsten würde sie die Beine in die Hand nehmen und zurück nach Hause rennen. Aber die Neugier und die Vorfreude siegen, und so tritt sie auf das hohe Tor zu. Auf beiden Seiten wird das Tor von hohen, weiß getünchten Pfosten gehalten. In die linke Mauerseite ist ein riesiger Briefkasten eingelassen. Dort befindet sich auch eine Klingelanlage mit einer Kamera.

Ein Name ist allerdings nirgends zu sehen. Aber sie muss hier richtig sein, denn sie ist genau den Weg gegangen, den Josefine ihr beschrieben hat. Kira klopft das Herz bis zum Hals. Sie trippelt unsicher von einem Fuß auf den anderen, geht zwei Schritte zurück und atmet dann drei Mal tief durch. Dann tritt sie vor die Kamera und drückt den Klingelknopf.

Es dauert nur wenige Sekunden, da meldet sich eine männliche Stimme: "Ja bitte?"

Kira stottert: „Äh, also, ich bin Kira Gösser. Ich bin mit ihrer Tochter verabredet."

„Mit meiner Tochter? Das glaube ich kaum. Aber bitte, treten Sie doch erst einmal ein." Ein Summen ertönt und eine Tür, die in das große Tor eingelassen ist, öffnet sich.

Kira ist verwirrt. Ob sie hier doch falsch ist, und wenn es hier gar keine Josefine gibt? Was ist, wenn der Mann, dem die Stimme gehört, ein Verbrecher ist und sie kidnappen will? Ach, was. Sie schiebt die negativen Gedanken zur Seite und tritt durch die Tür. Bis zum Haus sind es noch etwa 100 Meter. Die Leute, die hier wohnen, müssen immens reich sein. Kira strafft die Schultern und geht auf die Haustür zu. Diese öffnet sich wie von Geisterhand, und vor ihr steht ein älterer Herr mit angegrauten Haaren. Er trägt einen schwarzen Anzug und eine Fliege um den Hals. Er schaut nicht sehr freundlich: „Guten Tag, Frau Gösser. Ich nehme an, Sie möchten zu Josefine von Bodenhausen."

Kira öffnet den Mund, um zu antworten aber da rennt Josefine an dem Herrn vorbei und ruft: „Hallo Kira, ich freue mich, dass es geklappt hat. Schön, dass du da bist. Das hier ist übrigens Herr Weidner. Er organisiert unseren Haushalt und ist auch unser Chauffeur. Ist dein Fahrer schon wieder weg?"

Kira dröhnen die Ohren. Das ist alles etwas zu viel: „Ich verstehe nicht ganz. Ich bin mit dem Bus gekommen und den Rest zu Fuß gegangen. Aber ich freue mich auch, das es geklappt hat. Und guten Tag, Herr Weidner."

Der lächelt sie nun an und bittet die Mädchen, ins Haus zu

kommen. Drinnen steht Kira mit offenem Mund da und schaut sich bewundernd um. „ Das ist ja ein unglaublich schönes und riesengroßes Haus!"

Der Eingangsbereich ist eine Halle. Rechts führt eine breite Treppe in das erste Obergeschoss, und unglaublicherweise ist daneben ein Aufzug eingebaut. Der Boden ist mit beigem Marmor ausgelegt, und an den Wänden befinden sich Seidentapeten in einem edlen Dunkelrot. Von der Eingangshalle aus kann man in den riesigen Wohnbereich sehen. Dort besteht die Einrichtung aus schweren, stilvollen Möbeln und einem offenen Kamin.

Josefine wirkt verlegen und winkt ab: „Ja, es ist ziemlich groß, und wir wohnen ja nur zu dritt hier. Aber mein Vater arbeitet extrem viel, und nur so kann er uns das bieten."

Durch eine Terrassentür betritt eine elegante Frau das Haus. Sie hat einen hübschen dreifarbigen Collie bei sich und lässt ihn von der Leine. Der Hund bellt freudig und rennt zu Josefine: „Hallo Deliah, ja ich freue mich auch. Wir haben uns ja heute noch gar nicht gesehen." Josefine knuddelt den großen Hund wie verrückt, und auch Kira wird begeistert begrüßt.

Die Frau schaut die Mädchen freundlich an und kommt auf sie zu. Sie ist groß und schlank. Ihre Haare sind im Gegensatz zu denen von Josefine blond, kurz und gewellt. Sie trägt Gummistiefel und eine eng anliegende graue Hose sowie eine schwarze Jacke, deren Knöpfe sie geöffnet hatte. Ihre Gesichtszüge wirken irgendwie, wie von einer stolzen Königin.

„Hallo. Ich komme gerade von einem Hundespaziergang. Du bist bestimmt Kira. Mein Name ist Sofia von Bodenhausen, und ich bin Fines Mutter, wie du dir bestimmt schon gedacht hast. Fine ist dir so dankbar, dass du das Pony aufgehalten und vor Schlimmerem bewahrt hast. Ich konnte bei dem Qualifikationsturnier leider nicht dabei sein, weil mein Mann und ich einen wichtigen geschäftlichen Termin hatten. Der hat auch ziemlich geschimpft, weil Fine nicht aufgepasst hat, vor allem, weil sie genau weiß, wie panisch Dancer auf Geräusche von Quadmotoren reagiert. Umso mehr sind wir froh, dass du zur richtigen Zeit am richtigen Ort warst und mutig reagiert hast. Fine denkt, dass ein Ausflug in den Reitstall dir Freude machen könnte. Wenn das nicht so ist, dann sag es bitte, dann finden wir eine andere Option, dich zu erfreuen."

Kira schaut leicht entsetzt. Etwas anderes? Bloß nicht! Sie freut sich doch so sehr auf die Pferde! Schnell antwortet sie: „Ich hätte das auch ohne Belohnung gemacht. Das ist doch selbstverständlich! Aber ich nehme die Einladung zum Stallbesuch sehr gerne an. Bis vor einem Jahr bin ich auch jede Woche einmal geritten."

Das scheint Fine und ihrer Mutter zu gefallen. Sofia von Bodenhausen sagt: „Sehr schön, dann kannst du ja bestimmt ein paar Runden auf Harmony drehen. Sie ist wirklich brav und sehr gut ausgebildet. Fine hat mit ihr schon eine Menge Prüfungen gewonnen.

„Mama", ruft Fine peinlich berührt. „Das ist doch nicht wichtig. Kira und ich wollen einfach einen schönen Nachmittag verbringen."

Fine zieht Kira mit sich, und sie packen Fines Reitutensilien zusammen. Herr Weidner wartet an der Haustür auf die Mädchen, hält ihnen die Tür auf und geleitet sie zu dem in der Zwischenzeit vorgefahrenen Wagen. Es ist ein großer, schwarzer Geländewagen. Am Kühlergrill befindet sich das gleiche

Wappen, wie auf dem Giebel des Hauses. Kira fragt, was es damit auf sich hat. Fine erklärt, dass es das Familienwappen der von Bodenhausens sei. Die Familie habe adlige Ursprünge, und ihr Vater lege viel Wert, auf die Beibehaltung von Traditionen.

Der Geländewagen scheint zu schweben, so komfortabel kann man darin sitzen. Das große Tor schwingt geräuschlos auf, und dann geht es endlich los Richtung Ponys!

Da fällt Kira ein, dass sie sich noch gar nicht bei ihrer Mutter gemeldet hat. Schnell holt sie ihr Handy aus der Tasche und schreibt ihr eine Nachricht. Sie überzeugt sich davon, dass ihre Mutter die Nachricht gesehen hat und steckt dann das Telefon weg.

„Bist du wirklich die ganze Strecke von der Bushaltestelle gelaufen?", will Josefine wissen. „Hätte ich das gewusst, hätte Herr Weidner dich wenigstens von dort abholen können. Heute Abend bringen wir dich aber nach Hause!"

Kira ist nicht sicher, ob das so eine gute Idee ist, denn dann sieht Josefine in welch ärmlichen Verhältnissen Kira lebt, ohne Butler, Chauffeur, teure Autos und Villa. Sie antwortet: „Das macht doch nichts, so weit war das gar nicht."

Josefine sieht sie stirnrunzelnd an, sagt aber nichts mehr dazu. Die weitere Fahrt geht weg von dicht bebauten Straßen, durch ein unheimliches Waldstück und dann nach ein paar Kurven durch ein grünes Tor, eine Auffahrt entlang zum Reitstall.

Luxusponys – Ein tolles Angebot

Der schwarze Geländewagen rollt langsam auf den Hof. Hier erinnert auf den ersten Blick nichts an einen Reitstall. Wenigstens nicht an den, auf dem Kira immer zum Reiten war. Vom Hof aus geht man durch einen Torbogen auf das zweigeschossige Hauptgebäude zu. Fine berichtet, dass dort die Stallbesitzer Paul und Anna Habermann, gemeinsam mit ihren 14- und 15-jährigen Söhnen Jakob und Jonas wohnen. Links sind die Stallungen.

Kira zählt etwa 20 Boxen. Alle haben eine überdachte Fläche davor, und jede Box besitzt nach hinten ein Paddock, sodass alle Pferde jederzeit genug Auslauf haben. Auf der rechten Seite ist eine riesige Reithalle und wieder daneben ein mindestens genauso großer Außenreitplatz. Die Anlage ist wie ein überdimensionales U angeordnet. Vor der Reithalle gibt es eine Führanlage, bei der die Pferde durch brusthohes Wasser laufen. Fine erklärt, dass die Führanlage im Sommer mit Wasser gefüllt ist, und dass das den Pferden total Spaß macht, aber vor allem dem Muskelaufbau dient.

Kira ist überwältigt. So eine schicke Reitanlage hat sie noch nie gesehen. Hier liegt kein einziger Pferdehaufen und nicht mal ein bisschen Stroh auf dem Boden. Die anderen Kunden oder Einsteller, wie das bei Reitern heißt, müssen wohl sehr viel Geld haben.

Auf dem Hof stehen zwei Geländewagen, die so blitzsauber sind, dass sie bestimmt noch nie eine Geländestrecke gesehen haben und ein schicker, roter, italienischer Sportwagen.

Kira fühlt sich plötzlich sehr unwohl. „Na toll, und ich mit meiner ollen Reithose. Wenn ich die anziehe, bin ich die Lachnummer des Jahres. Hier haben doch alle bestimmt die neueste Reitkleidung und die beste Designer-Ausrüstung."

„Hallo Kira, träumst du?", Josefine lacht.

Kira schaut sie verwundert an. Josefine will wissen, ob sie sich an den Jungen und den Mann da vorne erinnert. Kira antwortet verlegen: „Ja natürlich. Die beiden waren doch auf dem Turnier dabei." Kiras Herz macht einen kleinen Sprung. Der blonde Junge vom Turnier hatte irgendwie ihr Herz berührt und war ihr nicht mehr aus dem Kopf gegangen.

Fine erklärt ihr, dass der Junge, der gerade aus der Tür des Wohnhauses kommt, der 15-jährige Jonas sei. Der ältere Jonas sieht seinem Bruder ähnlich, aber seine Haare sind noch viel heller und glatt. Jetzt schauen die Jungen und ihr Vater zu dem Geländewagen und winken freundlich.

„Sollen wir?", fragt Fine.

Na und ob! Die Mädchen nehmen ihre Rucksäcke und steigen aus dem Wagen. Herr Weidner wünscht ihnen viel Spaß und verabschiedet sich bis zum Abholen.

„Da kommt ja die Pony-Retterin", ruft ihnen Herr Habermann entgegen. „Und ich schätze wir machen heute eine Reitstunde alle zusammen".

Kira schaut Fine erschrocken an. „Ich dachte wir putzen die Ponys und machen vielleicht einen kleinen Ausritt!"

Fine schaut etwas traurig: „Ja aber mein Vater hat entschieden, dass Herr Habermann erst mal beurteilen soll, ob du gut genug reiten kannst, dass du auf einem seiner wertvollen Ponys durch den Wald preschen darfst."

Kira ist etwas sauer aber eigentlich findet sie die Vorstellung, Unterricht bei einem guten Ausbilder zu erhalten, gar nicht schlecht. Sie gehen zu Herrn Habermann und seinen Söhnen und begrüßen sie mit kräftigem Händeschütteln. Dann gehen sie zu den Boxen und sagen den Ponys Hallo. Dancer wiehert, als die Mädchen auf sie zugehen. Schnell gibt Fine ihr eine Möhre. Und dann stellt Fine ihr Harmony vor.

Die schnaubt leise, als die Mädchen die Box betreten. Ganz artig wartet sie, bis Kira sie mit der leckeren Möhre füttert. Harmony ist eine braune Ponystute mit schwarzer Mähne und vollem, schwarzen Schweif. Ihre hinteren Hufe sind weiß, genau wie das Fell der Hinterbeine bis zu den Fesseln. Die Vorderbeine sind schwarz. Auf der Stirn hat Harmony eine Raute aus weißem Fell.

Fine erklärt ihr, dass das die sogenannten Abzeichen des Pferdes sind, und dass diese im Pferdepass eingetragen sind. So kann man das Pferd immer genau erkennen. Außerdem sind Fines Ponys mit einem Chip versehen. So mussten sie die grausame Prozedur des Brandzeichen Aufbrennens nicht über sich ergehen lassen. Und da Fine auch internationale Turniere reitet, ist ein Chip sowieso nötig.

Fine erklärt: „Moni, so ist ihr Rufname, ist jetzt 13 Jahre alt. Ich habe sie bekommen, als ich acht war. Vorher hatte ich schon ein Pony, auf dem ich reiten gelernt habe. Das war so ein wildes, freches Shettypony, das hieß Roony. Ich kann nicht mehr zählen, wie oft der mich runtergebockt hat.

An ein Mal kann ich mich aber noch genau erinnern. Im

Nachhinein war das echt witzig. Meine Mutter hat mich longiert, und dann hat Roony ohne Ankündigung einfach die Richtung gewechselt und ist in vollem Galopp losgerannt. Meine Mutter hat die Longe nicht losgelassen und wurde hinter dem Pony her geschleift. Plötzlich hat Roony eine Vollbremsung gemacht und dann noch einmal gebockt. Da konnte ich mich nicht mehr halten und bin in hohem Bogen über den Hals geflogen. Gelandet bin ich mit dem Gesicht nur Zentimeter von einem Pferdehaufen entfernt. Meine Mutter und ich mussten uns erst mal sammeln. Aber dann haben wir wie verrückt gelacht. Die Geschichte erzählen wir uns heute noch oft. Tja, aber durch Roony bin ich richtig sattelfest geworden."

Fine erzählt weiter, dass Roony vor drei Jahren leider eingeschläfert werden musste. Er hatte eine schwere Kolik bekommen, und sogar der Dr. Sperber konnte ihm in seiner Pferdeklinik nicht mehr helfen.

Damals hatte sie Harmony schon. Die war von Anfang an immer brav, und Fine hatte schnell erste Turniererfolge vorzuweisen. Herr Habermann trainierte sie damals auch schon, und mit der Zeit wurde Fine immer erfolgreicher. Irgendwann entschieden ihr Vater und Herr Habermann, dass Fine ein weiteres Pony brauche, um auch international eine Chance zu haben. Also fanden sie Famous Dancer. Die war am Anfang wirklich wild und ungestüm, aber mittlerweile sind Fine und das Pony ein tolles Team.

Jakob tritt auf die Mädchen zu und drängt sie, ein bisschen Tempo zu machen, weil die Reitstunde doch gleich losgehen soll. Also laufen Fine und Kira in die Sattelkammer, die sich am Ende der Boxengasse befindet. Dort ziehen sie sich um. Josefine sieht todschick aus, mit ihren glänzenden, schwarzen

Lederstiefeln. Das ganze Outfit stammt von einer bekannten Ausstattermarke.

Kira steht daneben und kommt sich nun wirklich arm vor. Zu Kiras Reithose sagt Fine: „Na, da bist du aber im letzten Jahr ganz schön gewachsen. Ich gebe dir ein paar Chaps von mir, dann passt das schon. Ohne lässt Herr Habermann dich eh nicht reiten. Wenn du nächstes Mal mitkommst bringe ich eine Hose von mir mit. Du bist zwar schlanker als ich, aber wir probieren das mal."

Das ist ja noch mal gut gegangen, und Fine findet, dass sie schlank ist? Kira fühlt sich richtig gut.

Da betritt eine etwa 50-jährige Dame die Sattelkammer: „Na, was ist hier los? Verbessert Fräulein von Bodenhausen ihre Sozialbilanz?" Sie schnappt sich ihr Sattelzeug und rauscht aus dem Raum.

„Das ist Carolin Schönefeld", erklärt Fine schnell. „Ihr Mann hat sie verlassen, und jetzt ist sie ganz alleine mit ihrem vielen Geld. Seitdem ist sie unausstehlich. Nimm dir das bloß nicht zu Herzen!"

Dann berichtet Fine noch, dass Frau Schönefeld ein teures Pferd nach dem nächsten kauft, um erfolgreich zu sein und die armen Tiere dann schnell mit Verlust wieder verkauft, weil sie nicht sofort alle Prüfungen gewinnen. Der Stallbesitzer ist schon ganz genervt, weil ständig Unruhe ist.

Nachdem die beiden Mädchen alles zusammengepackt haben, was sie brauchen, laufen sie zu Dancer und Harmony. Die Ponys haben den Vormittag auf der Weide verbracht, haben dann ein Mittagessen bekommen und warten jetzt auf das, was noch kommt.

Die Mädchen holen die Pferde aus den Boxen, binden sie nebeneinander an und beginnen zu putzen. Dabei quasseln sie ohne Pause. Kira erzählt von ihrem Bruder und ihrer Mutter und wie traurig alle nach dem Tod des Vaters noch sind. Sie berichtet von ihren bisherigen Reiterfahrungen und bedankt sich bei Fine dafür, dass sie ihr die Chance gibt, nochmal zu reiten. Fine erzählt von ihrer Familie. Sie ist ein Einzelkind. Ihre Mutter war früher mal eine bekannte und erfolgreiche Springreiterin und hätte es gerne gesehen, wenn Fine in ihre Fußstapfen getreten wäre. Aber dafür fehlt ihr der Mut. Ein paar kleine Sprünge macht sie mit den Ponys auch, aber wenn es dann höher wird, bekommt sie Angst und lässt es lieber bleiben. Ihr Vater ist Harald von Bodenhausen.

Seine Familie stammt von altem Adel ab. Die Wurzeln reichen bis ins 15. Jahrhundert. Ein adliger Name hilft bei vielen geschäftlichen Dingen, aber Harald von Bodenhausen hat sich seinen Wohlstand auch hart erarbeitet. Fine berichtet, dass sie ihn nur selten zu Gesicht bekommt, und dass er so gut wie nie Zeit hatte und hat, mit ihr zu spielen oder etwas zu unternehmen. Die von Bodenhausens besitzen Immobilien in der ganzen Welt, so zum Beispiel auch mehrere Hotels in Spanien und Frankreich.

In den Fabriken der Familie werden Schiffe gebaut. Aber nicht diese riesigen Kreuzfahrtschiffe, die so viele Abgase ausstoßen wie eine Kleinstadt, sondern umweltbewusste kleine Yachten mit alternativen Antrieben. Fine erzählt, dass ihr Vater auch eine große Fläche Wald gekauft hat. Dort darf alles so wachsen, wie es die Natur vorsieht. Sie berichtet weiter, dass ihr Vater ein sehr umweltbewusster Mensch sei, und dass das manchmal auch etwas nerve, wenn er referiert, wie Bäume sich miteinander und mit den Pflanzen um sie herum unterhalten.

Fine kichert: „Aber sonst ist er ganz in Ordnung. Nur ziemlich streng. Und er erwartet von allen, die ihn umgeben Höchstleistungen. Wenn er hier im Stall auftaucht, schaut er zwar erst, ob es den Ponys gut geht, aber spätestens danach will er wissen, welche Fortschritte das Training macht."

Kira denkt sich, dass Fine ja doch irgendwie in einem goldenen Käfig oder Hamsterrad lebt, und das in ihrem Leben vielleicht doch nicht alles so perfekt ist, wie es nach außen scheint. Aber dann ruft Herr Habermann, dass sie sich beeilen sollen. Schnell satteln und trensen die Mädchen die Ponys. Beide bekommen Schutzgamaschen um Vorder- und Hinterbeine und eine leichte Decke aufgelegt. Die Mädchen ziehen ihre Reithelme an und führen die Ponys über den Hof und in die Reithalle.

Die Reitstunde verläuft ganz wundervoll. Auch nach einem Jahr Reitpause scheint Kira nichts vergessen zu haben. Sie reitet in allen Gangarten und schafft es, die Bahnfiguren nach Herrn Habermanns Anweisungen korrekt auszuführen. Harmony ist aber auch wirklich toll. Sie scheint alles von alleine zu können und schier darauf zu warten, was Kira als nächstes von ihr will. Begeistert und dankbar klopft und streichelt sie das Pony die ganze Zeit. Von Josefine und Herrn Habermann bekommt Kira viel Lob, und weil alles so gut funktioniert, dürfen die Mädchen nach Beendigung des Unterrichts noch eine kurze Runde um den Hof reiten.

Später versorgen die Mädchen die Pferde. Kira reinigt gerade einen Hinterhuf von Harmony. Sie fragt Fine, ob es so wie sie es macht richtig ist. Doch Fine antwortet nicht. Kira lässt Moni den Huf abstellen und richtet sich auf. Fine ist verschwunden. Nur Dancer steht dort und fängt an, vor Langeweile mit den Hufen zu scharren. Kira geht zu ihr und spricht beruhigend auf sie ein. Wo Fine nur hingegangen ist?

Plötzlich hört sie das melodische Lachen des Mädchens, und da kommen sie und der Reitlehrer auch schon aus dem Haupthaus über den Hof geschlendert.

„Wir haben dir etwas zu sagen", beginnt Herr Habermann sehr ernst.

Dann lachen die beiden und erklären Kira, dass sie den Reitunterricht ganz toll gemeistert hat, und dass Fine und auch der Trainer sehr zufrieden sind. Fine bietet ihr an für die nächsten Monate zweimal in der Woche mit zum Stall zu kommen und sich um Harmony zu kümmern. Fine müsse sich auf das internationale Ponyturnier mit Dancer vorbereiten, und dann käme Harmony immer zu kurz und das hätte sie nicht verdient.

Kira antwortet: „Äh, äh, also, das ist sehr nett von euch, und ich freue mich über das Angebot ... aber ... nein, das geht nicht!"

Fine und Herr Habermann schauen sich verstört und traurig an, und Kira fühlt sich schuldig: „Es tut mir leid. Nichts würde ich lieber tun, aber ich kann mir das nicht leisten. Meine Familie hat nicht genug Geld, mir eine Reitbeteiligung zu finanzieren!"

Da lächelt Fine erleichtert, und Herr Habermann klatscht zufrieden in die Hände. „Aber du sollst doch nichts dafür bezahlen! Du würdest uns einen großen Gefallen tun. Eigentlich müssten wir dir dafür Geld geben!"

Kira muss schlucken. Sie hat auf einmal einen Kloß im Hals, und ihre Augen fühlen sich ganz komisch an. Sie wischt verlegen mit dem Jackenärmel darüber.

Fine erzählt, dass sie gerade mit ihrer Mutter und ihrem Vater gesprochen hat, und dass beide einverstanden sind. Die beiden freuen sich, dass eine Lösung gefunden wurde.

„Na wenn das so ist, dann natürlich liebend gerne! Ich muss aber noch mit meiner Mutter sprechen."

Gemeinsam entschließen sie, das gleich zu tun, wenn Herr Weidner sie nach Hause fährt. Kira ist es sogar fast egal, dass Fine dann sieht, wie sie wohnt.

Auf einmal steht Jakob hinter Kira und sagt: „Na, das sieht ja ganz so aus, als würden wir uns jetzt öfter mal sehen. Das freut mich."

Kira ist baff und kann nur stammeln: „Ja … sieht so aus. Und ich freu mich auch." Sie merkt, wie sie knallrot anläuft und dreht sich schnell weg.

Jakob und Fine grinsen und Herr Habermann tatsächlich auch. Wie peinlich! Jakob erklärt, dass er und Jonas jetzt los müssen, weil das Eishockey Training bald anfängt. Er fragt, ob sein Vater ihn und seinen Bruder dann später abholt. Der bejaht das und wünscht viel Spaß. Darauf bedankt sich Jakob, dreht sich um und spurtet los Richtung Auto, in dem schon sein Bruder auf dem Beifahrersitz und seine Mutter hinter dem Steuer sitzt. Da fällt Kira auf, dass der große Geländewagen auch wieder auf dem Hof steht. Sein Ankommen hat sie bei der ganzen Aufregung gar nicht mitbekommen.

Herr Weidner steigt aus und winkt freundlich. Herr Habermann verabschiedet sich von den Mädchen und erklärt, dass er sich freut, dass Kira ihnen Unterstützung anbietet.

Die Mädchen versorgen jetzt endlich die Pferde zu Ende, fegen dann sie Stallgasse und räumen ihr verursachtes Chaos auf. Zum Abschied drückt Kira Harmony einen Kuss auf die weiche Nase: „Bis zum nächsten Mal, du Schöne. Ich freu mich, wenn wir uns wiedersehen."

Josefine lächelt und sagt: „Ich freue mich sehr, und ich mag dich wirklich gut leiden, Kira."

Kira geht es genauso. Glücklich laufen sie zum Wagen.

Herr Weidner hält ihnen die Türen auf, und die Mädchen steigen ein. Der Chauffeur meint belustigt: „Na, das war ja scheinbar ein erfolgreicher Nachmittag."

Die Mädchen schauen sich an und kichern los. Herr Weidner möchte wissen, wohin er die Damen denn nun fahren darf. Kira nennt ihm die Adresse: Gartenstraße 34. Darauf sieht Kira im Rückspiegel, wie Herr Weidner die Stirn runzelt. Aber sonst lässt er sich nichts anmerken. Er sagt nur: „Zu Befehl!"

An Kiras Wohnblock angekommen, hört sie Fine sagen: „Oh, hier wohnen aber viele Menschen eng zusammen." Ja, da hat sie wohl recht. Beide steigen aus und Herr Weidner verspricht zu warten. Sie gehen durch die Eingangstür und Kira scherzt: „Aber wie du siehst, haben wir hier auch einen Aufzug." Fine grinst. Sie steigen dort ein und fahren in den vierten Stock.

An der Wohnungstür klingelt Kira, und sofort hört sie ihren Bruder aufgeregt rufen: „Das ist bestimmt Kira. Ich mach auf!"

Die Tür wird aufgerissen, und Lukas steht mit leuchtenden Augen vor den Mädchen. „Da bist du ja wieder. Und du hast die schöne Reiterin mitgebracht!" – Puh! Kleine Brüder!

Fine bedankt sich mit einer kleinen Verbeugung. „Sehr höflich und charmant von dir."

Lukas lacht und läuft in die Küche. Die Mädchen folgen ihm. Dort wartet schon Kiras Mutter. Kira umarmt sie und stellt ihr dann Josefine vor. Die beiden schütteln sich die Hände. Dann trägt Fine ihr Anliegen vor. Kiras Mutter reagiert genau, wie Kira vorhin im Stall. Fine kann jedoch ihre Bedenken in Luft auflösen.

Schließlich stimmt Julia Gösser zu. Kira drückt ihr einen dicken Kuss auf die Nase und bedankt sich überschwänglich. Der Plan ist, dass Kira jeden Mittwoch und Freitag mit Fine zum Stall fährt und mit Harmony Reitunterricht nimmt, sie longiert oder gemeinsam mit Fine und Dancer ausreitet. Und sie muss nicht einmal einen Cent dafür bezahlen. Kira scheint das große Los gezogen zu haben.

Fine verabschiedet sich von Kiras Mutter, und gemeinsam mit Lukas bringen sie Fine zum Wagen. Während der Geländewagen Richtung Hauptstraße fährt, winken sich alle zu. Was für ein Tag! Sie bittet Lukas, sie fest zu kneifen, weil sie fürchtet, dass das alles nur ein schöner Traum war.

Wieder in der Wohnung angekommen, nimmt Julia Gösser ihre Tochter in die Arme: „Ich freue mich wirklich für dich, Kira. Josefine scheint ein sehr nettes, bodenständiges Mädchen zu sein. Ich wünsche dir, dass du nicht enttäuscht wirst."

Tage des Glücks – Ponyparty

Die nächsten Tage und Wochen verlaufen wie im Traum. Der Mai löst den April ab, und das Wetter wird zunehmend schöner. Kira fühlt sich wie eine Prinzessin, wenn Herr Weidner mit dem großen Geländewagen vorfährt, ihr die Tür aufhält und sie einsteigen lässt. Alle freuen sich für Kira. Auch Frau Pfeiffer, die Nachbarin aus der dritten Etage, ist ganz aus dem Häuschen, als Kira ihr erzählt, was sie macht. Frau Pfeiffer hatte früher einen kleinen Bauernhof mit drei Kühen, vier Schafen, ein paar Hühnern und einem alten Haflingerwallach. Auf dem konnte man zwar nicht mehr reiten, aber Frau Pfeiffer hatte ihn sehr gerne und hat sich gut um ihn gekümmert. Damals hat sie auch die Turniere in der Umgebung als Zuschauerin besucht, und sie kennt Sofia von Bodenhausen, die damals noch Sofia Winkler hieß, als erfolgreiche und mutige Springreiterin.

Nur von Bennett Krämer, der in einer Garage im Hof des Wohnblocks immer an irgendetwas herumschraubt, muss sich Kira viele dumme Sprüche anhören. „Na, ist die feine Dame jetzt etwas Besseres, als wir anderen hier? Wann kommt denn dein Chauffeur wieder? Darfst du für das reiche Mädchen die Pferdekacke aufheben?" Kira mag ihn nicht. Er ist schon volljährig, hat aber keine Ausbildung und jobbt nur hin und wieder in einer KFZ-Werkstatt.

Er wirkt irgendwie immer so aggressiv, und ihre Mutter hat ihr erzählt, dass Bennett schon mal im Gefängnis gewesen ist, weil er in einen Kiosk eingebrochen war und diverse Sachen gestohlen hatte. Durch die Videoüberwachung des Kiosks konnte er schnell identifiziert und festgenommen werden. Mit so jemandem möchte man gar nichts zu tun haben.

Kira und Fine werden schnell wirklich gute Freundinnen. Sie haben sich so viel zu erzählen. Kira berichtet von ihrer Schule und wie sie sich ihre Zukunft vorstellt. Aber auch von den dunklen Momenten in ihrem Leben. Vor allem ist das natürlich der Tod des Vaters.

Martin Gösser war einfach gestorben. Wahrscheinlich ist es deshalb für die Familie so schrecklich und schwer zu verarbeiten. Er hatte aus heiterem Himmel auf dem Weg zum Einkaufen einen Herzinfarkt erlitten und starb noch auf dem Weg ins Krankenhaus. Im Nachhinein haben Kira, ihr Bruder und ihre Mutter erfahren, dass er an einem angeborenen Herzfehler litt, der ihn bis dahin aber nie beeinträchtigt hatte. Nach des Vaters Tod wurden die Kinder untersucht, aber zum Glück hatten sie den Herzfehler von ihrem Vater nicht geerbt.

Kira erzählt von der furchtbaren Zeit, die die Familie dann durchstehen musste. Nach einem halben Jahr wurde es etwas besser, und mittlerweile ist ihre Mutter nicht mehr nur noch traurig.

Fine weiß noch gar nicht, was sie später mal werden möchte. Sie besucht eine internationale Privatschule in der angrenzenden Kreisstadt Klingenheim. Dort versteht sie sich mit den Mitschülern und auch den Lehrern gut, hat aber wenig außerschulische Kontakte zu den Kindern, weil die aus ganz Deutschland angereist kommen, um dort auf die Schule zu gehen. Sie müssen dann im Internat wohnen. Fine ist froh, dass ihr das erspart bleibt.

Jeweils an einem der beiden Tage in der Woche, an dem Kira mit zum Stall kommt, steht Dressurunterricht auf dem Programm. Herr Habermann ist ganz schön streng und fordert wirklich alles von den Mädchen und den Ponys. Aber er lässt sie auch immer wieder Pausen machen, und er ist nie ungerecht.

Für Josefine haben die Vorbereitungen für das Ponyturnier begonnen. Sie trainiert mehrmals in der Woche Teile aus der Dressuraufgabe, die auf dem Turnier gefordert wird. Hartnäckig arbeitet sie an Lektionen, die noch nicht so toll klappen. Immer wieder misslingt ihr das gerade Aufmarschieren im versammelten Galopp. Aber es ist ja noch Zeit bis zum Turnier. Zusätzlich bereitet sie mit ihrem Trainer eine Küraufgabe zu Musik vor. Die darf man reiten, wenn man in der vorgegebenen Aufgabe unter den besten sechs Reitern ist. Josefine erhofft sich das natürlich und tüftelt mit Herrn Habermann an der passenden Musik.

Kira hilft ihr dabei und ist ganz begeistert, aber jetzt sieht sie erst mal, wie viel Arbeit so eine Turnierkarriere macht.

Der andere Ponytag in der Woche läuft ganz unter dem Motto: Spaß für Ponys und Mädchen! Die Ponys dürfen in der Wasserführanlage planschen, die Mädchen üben Tricks mit ihnen, wie zum Beispiel: auf Kommando im Kreis drehen oder verbeugen. Oder sie bauen sich einen kleinen Springparcours aus Stangen und Cavalettis auf. Manchmal schaut an solchen Tagen auch Fines Mutter vorbei, gibt beim Springen tolle Tipps und hilft beim Auf- und Abbauen. Dann ist die Collie-Hündin Deliah immer mit dabei. Die freut sich immer wie verrückt, wenn sie den Springparcours auch absolvieren darf. Ehrlich gesagt, stellt sie sich dabei besser an als die Ponys.

Das Schönste ist aber, wenn das Wetter mitspielt, und Josefine und Kira mit Dancer und Moni ausreiten. Die Ponys scheinen das schon vorher zu spüren, denn immer wenn die Mädchen an einem solchen Tag zu den Boxen kommen, sind die Ponys ganz aufgedreht. Es scheint fast, als wüssten sie, was kommt, und würden sich genauso freuen wie Josefine und Kira.

Meistens reiten die beiden den gleichen Weg. Er führt vom Hof weg über eine kurze Asphaltstrecke und dann über einen breiten Wirtschaftsweg, vorbei an großen Pferdewiesen auf denen einige Stuten mit ihren süßen Fohlen grasen, an einer Talsperre entlang und dann einen langen Berg hinauf Richtung Wald. Dort ist der Boden weich, und da kann man toll galoppieren.

Der Weg führt auf der anderen Seite des Waldes weiter zur Talsperre und dann über den Wirtschaftsweg wieder zurück Richtung Stall.

Bei den Ausritten suchen sich Kira und Fine aber öfter auch neue Wege, die sie immer wieder vor neue Herausforderungen stellen. Manchmal sind kleine Bäche oder ein umgestürzter Baumstamm im Weg, über die die Ponys springen müssen. Manchmal hängen Äste so tief, dass sie sich auf den Ponys ganz klein machen müssen. Kira lernt jeden Tag viel dazu, und während Fine hinter Kira her reitet, lobt Fine sie immer wieder: „Kira du bist ein Naturtalent!"

Darüber freut sich Kira natürlich sehr. Mittlerweile hat Fine ihr auch zwei ihrer Reithosen überlassen. „Du brauchst gar nicht wer weiß wie dankbar zu sein. Mir sind beide Hosen am Bauch zu eng, dabei hab ich gar nicht zugenommen, aber scheinbar bist du einfach schlanker als ich."

Kira lacht: „Das denkst du dir doch nur aus! Aber trotzdem danke für die schönen Reithosen."

Dann treibt Fine Dancer an und lenkt sie neben Harmony und Kira: „Übrigens wollen die Jungs nachher noch mit uns Eis essen gehen ... hast du Lust? Ich glaube, da wäre jemand dabei, der sich so ein ganz kleines bisschen darüber freuen würde!"

Und dann passiert es wieder: Kira wird knallrot und schaut schnell zur Seite. Sie stammelt irgendetwas vor sich hin, worauf Fine sie verständnislos anschaut.

„Heißt das ja oder nein oder niemals oder was denn jetzt?"

Kira schnaubt einmal laut durch, wobei sich Harmony erschreckt und einen Riesensatz nach vorne macht. Kira hat nicht damit gerechnet. Sie hat die Zügel viel zu lang und rutscht aus den Bügeln. Das verunsichert das Pony noch mehr, und Moni hüpft zur Seite. Das ist für Kira zu viel. Sie kann sich nicht mehr halten und rutscht aus dem Sattel. Unsanft landet sie auf dem Boden zwischen den beiden Ponys.

Beide Mädchen haben so einen verdutzten Gesichtsausdruck, dass sie sich ansehen und schallend zu lachen beginnen. Fine fasst schnell nach Monis Zügeln und hält sie fest. Das Pony sieht so aus, als wüsste es gar nicht, was hier los ist. Vom Schreck hat es sich jedenfalls ganz schnell wieder erholt. Und Kira? Ihr ist zum Glück gar nichts passiert, nur die schöne Reithose ist ganz schmutzig.

„Mensch, du kostest mich ja Nerven!", prustet Fine.

Sie steigt von Dancer und hilft Kira, die Hose sauber zu wischen und zu klopfen. Nicht dass noch jemand etwas von dem kleinen Missgeschick mitbekommt und den Mädchen womöglich die Ausritte verbietet. Die Mädchen steigen wieder auf die Ponys und reiten weiter. Sicherheitshalber lässt Kira die Zügel nicht mehr durchhängen. Ihr ist nichts passiert, aber einen Schreck hat sie trotzdem bekommen.

Als Fine die Einladung zum Eis essen erneut anspricht, lächelt Kira. Natürlich möchte sie mitkommen, und sie freut sich natürlich auch, dass Jakob dabei ist. Sie fragt Fine: „Wen von den beiden magst du denn lieber?" Hoffentlich nicht: Jakob, hoffentlich nicht Jakob!

Fine schaut sie verschmitzt an: „Wenn ich jetzt Jakob sage, schlägst du mich dann? Also, ganz ehrlich: Ich mag Jonas sehr. Mit ihm war ich schon mal im Theater und bei einem Dressurlehrgang. Er ist wirklich cool, und hast du mal das Grübchen in der linken Wange gesehen?"

Kira ist sehr erleichtert. Dann würde es wegen den Jungs schon mal keinen Streit zwischen ihnen geben.

Fine und Kira traben den Rest des Weges. Erst kurz vor dem Stall lassen sie die Ponys wieder Schritt gehen, damit sie wieder zu Atem kommen. Jakob und Jonas warten schon auf sie. Alle gemeinsam versorgen die Pferde, und nachdem die Mädchen gewaschen und umgezogen sind, fährt Frau Habermann sie alle zur Eisdiele. Die Kinder bedanken sich und versichern, dass sie mit dem Bus zurück fahren werden. Es ist ein toller Nachmittag. Die vier verstehen sich wirklich gut, und die Zeit vergeht wie im Flug. Nächsten Freitag wollen sie zusammen ins Kino gehen.

So vergehen traumhafte Wochen. Kira ist so dankbar, dass Fine ihr so viel bietet, und dass sie scheinbar wirklich gute Freunde gefunden hat. Glücklicherweise leidet die Schule nicht unter Kiras eingeschränkter Lernzeit. Ihre Noten bleiben konstant gut. Auch Kiras Mutter wirkt nicht mehr so nachdenklich. Sie glaubt nun nicht mehr, dass Fine sie nach ganz kurzer Zeit wieder fallenlässt und Kira dann traurig und enttäuscht ist.

Fine kommt häufig nach dem Reiten noch ein paar Minuten mit in Kiras Wohnung. Dort scherzt sie mit Lukas und berichtet Kiras Mutter von deren Fortschritten.

Das einzige, was Kira etwas sauer aufstößt, ist der gruselige Bennett Krämer. Er scheint ihr immer aufzulauern, wenn Herr Weidner sie aus dem Stall nach Hause bringt. Sobald der Wagen vom Hof wieder verschwunden ist, taucht er auf und piesackt sie und stellt komische Fragen. Kira versucht, ihn gar nicht zu beachten und läuft schnell zur Tür. Er ruft ihr dann so Sachen hinterher wie: „Pass auf, Prinzessin, nicht dass dir jemand ein Beinchen stellt. Und sei vorsichtig, ich sehe immer was du machst.“

Manchmal stehen komische Gestalten vor dem geöffneten Tor der Garage, in der Bennett immer schraubt. Kira findet das sehr unangenehm aber sie schiebt diese Gedanken zur Seite, weil sie einfach nur glücklich ist.

Heute hat Jakob ihr zum Abschied einen Kuss auf die Wange gegeben und sie ganz verliebt angesehen. Davon muss Kira jetzt sofort ihrer Mutter erzählen, und so rennt sie schnell zur Tür und weil der Aufzug nicht da ist, in Endgeschwindigkeit die Treppen hinauf.

So vergehen die Tage wie im Flug. Im Juni feiert Kira ihren 14. Geburtstag. Es gibt Kaffee, Kakao und selbstgebackenen Kuchen bei Familie Gösser in der Wohnung. Ihre Mutter und ihr Bruder haben gespart und schenken Kira ein paar Leder-reitstiefel.

Die haben sie gebraucht auf einer Internetplattform ersteigert. Jetzt versteht Kira auch, warum Lukas sie vor ein paar Wochen mit dem Maßband vermessen wollte. Er hat ihr glaubhaft erklärt, das wäre für die Schule, für Biologie oder Physik. Irgendwas mit Kraft und Hebelwirkung. Und jetzt weiß Kira auch, warum Lukas auf den letzten Familienausflug verzichtet hat, mit der Begründung, er müsse noch für die Schule lernen. Er wollte einfach Geld sparen, um Kira den Kauf der Reitstiefel zu ermöglichen. Und tatsächlich passen die Stiefel ziemlich gut, und Kira ist ihrer Familie sehr dankbar. So viel Mühe haben sie sich gemacht.

Am nächsten Tag nimmt Kira die Kuchenreste mit zum Stall und verteilt die Stücke an Familie Habermann und Fine. Und wie auch immer die das rausgefunden haben, alle wissen, dass Kira am Vortag Geburtstag hatte. Es gibt sogar Geschenke.

Fine schenkt ihr eine bordeauxrote Reitweste, die genau zu der Reithose passt, die sie schon von Fine bekommen hat, und ein paar teure Reithandschuhe. Sie hat gut zugehört, denn Kira hatte mehrfach gejammert, dass ihr die Finger beim Reiten immer wehtun. Familie Habermann schenkt ihr einen Gutschein für einen Buchladen. Das ist wirklich nett. Kira hat oft erzählt, wie gerne sie liest. Scheinbar hat sich das jemand aus der Familie gemerkt. Und von Jakob bekommt sie noch ein persönliches Geschenk: Er lädt sie zu einem Kinoabend ein.

An diesem Tag kommen ganz überraschend auch Kiras Mutter und ihr Bruder zum Reitstall. Zuerst essen alle gemeinsam Kuchen, trinken Kaffee und Saft. Danach bewundern Julia Gösser und Lukas noch die Reitkünste der Mädchen.

An diesem Tag übernimmt Fines Mutter den Abholdienst. So lernen sich die beiden Mütter auch endlich einmal kennen. Sie scheinen sich gut zu verstehen, so sieht es jedenfalls für Kira aus. Frau von Bodenhausen besteht darauf, alle mit nach Hause zu nehmen.

Lukas jubelt sofort: „Super! Dann müssen wir nicht so ewig mit dem Bus fahren!"

Kira und ihre Mutter schauen sich wissend an und ziehen die Schultern hoch. Es ist, wie es ist, und der Chauffeur hat Fines Eltern sicher schon von dem Wohnblock berichtet.

Während der Fahrt unterhalten sich die beiden Frauen angeregt. Die Kinder verstehen nicht viel von dem, was vorne im Wagen besprochen wird. Als sie an den Hochhäusern ankommen und Fines Mutter den Wagen stoppt, legt sie Kiras Mutter die Hand auf den Arm und sagt: „Es tut mir alles sehr leid. Sie sind unverschuldet in Not geraten. Aber Sie tun alles, damit ihre Kinder glücklich sind. Und es sind tolle Kinder. Ich bin sehr dankbar, dass Kira uns mit dem Pony hilft, und dass sie Josefine eine gute Freundin geworden ist."

Julia Gösser lächelt und steigt aus. Bevor sie die Tür schließt antwortet sie: „Danke, dass Sie meiner Tochter so eine Chance bieten. Sie ist sehr glücklich. Ich wünsche Ihnen einen schönen Abend."

Die Gössers gehen zur Eingangstür. Julia Gösser wischt sich über die Augen, lässt sich sonst aber nicht anmerken, wie gerührt sie ist.

Ende Juni kommt Sofia von Bodenhausen wieder einmal zum Stall. Konzentriert verfolgt sie die Reitstunde und beobachtet Kira ganz genau. Kira bemerkt das und wird total unsicher. Ihr misslingen die einfachsten Lektionen. Nach dem Unterricht treten Herr Habermann und Frau von Bodenhausen auf Kira zu.

„Jetzt teilen sie mir mit, dass ich zu schlecht bin und dass ich nicht mehr kommen soll!", denkt sie beunruhigt.

„Kira, wir haben die letzten Wochen genau auf dich geachtet, und wir sind uns einig ...".

Kira hört gar nicht mehr richtig zu: „Es tut mir leid!"

Die beiden Erwachsenen wirken verwirrt. Herr Habermann antwortet: „Was tut dir leid? Wir sind begeistert von deiner Entwicklung. Und daher würden wir uns freuen, wenn du beide Ponys während des Familien Urlaubes der Familie von Bodenhausen betreuen würdest. Ich stehe dir zur Seite, und es wäre auch nicht jeden Tag. Aber vier- bis fünfmal pro Woche zwei Wochen lang wäre es schon."

Kira muss schlucken. Frau von Bodenhausen bietet ihr obendrein noch 20 Euro pro Tag, und wenn Kira nichts dafür haben wolle, würde sie ihr das Geld in den Briefkasten stecken. Bei dem entschlossenen Gesichtsausdruck von Sofia von Bodenhausen müssen plötzlich alle lachen.

Kira bedankt sich für das Vertrauen und stimmt dem Vorschlag zu. Von hinten kommt Fine angerannt und umarmt sie dankbar. „Bei dir weiß ich die Ponys in besten Händen!"

Also verbringt Kira die ersten beiden Ferienwochen im Juli dieses Jahres im Pferdestall. Sie ist sehr dankbar, sonst hätte sie sich ziemlich langweilen müssen. Für Urlaub mit der Familie ist ja definitiv kein Geld da. Sie hilft morgens, die Pferde auf die Weiden zu bringen, mistet Boxen und holt mittags, wenn es zu heiß wird, die Pferde wieder in die kühlen Boxen.

Am Nachmittag bewegt sie die beiden Ponys. Unter Anleitung von Herrn Habermann darf sie sogar Dancer reiten. Manchmal träumt sie dabei, sie und Dancer wären auf dem Turnier in Belgien und starten in der Kür zur Musik.

Fine und ihre Eltern sind mit einer der Yachten unterwegs im Mittelmeer. So oft es geht, schreiben sich die Mädchen oder sie telefonieren miteinander. Fine erzählt von tollen Häfen, Strandpartys und anderem Jet Set-Kram, wie sie es nennt. Kira berichtet, dass es den Ponys und den Jungs gut gehe, und dass alle sie, Fine, vermissen.

Kira hilft bereitwillig bei allen anfallenden Stallarbeiten. Das scheint Jakob und auch seinem Vater zu gefallen. Als Belohnung für die viele Hilfe, nehmen die Habermanns Kira zu einem Eishockeyspiel der ersten Bundesliga mit. Hier treffen die Klingenheimer Crocodiles auf die Merburger Eisbären.

Jakob und Jonas schwärmen von einem Stürmer ihrer Lieblingsmannschaft den Crocodiles. Er hat sich durch hartes Training, viel Verzicht und frühes Leben in einem Sportinternat hochgekämpft, ist jetzt ein unverzichtbarer Teil der Mannschaft und kann mittlerweile von seinem Sport sehr gut leben. Nach dem Spiel, das die Crocodiles mit 3:2 gewinnen, darf Kira den Eishockey-Profi Leon Becher sogar kennenlernen und ihm die Hand schütteln.

Kiras Leben hat sich komplett verändert. Sie hat neue Freunde, ein tolles Hobby und bekommt sogar Geld für das, was ihr Spaß macht.

Am letzten Tag, an dem Fine noch im Urlaub ist, passiert jedoch etwas Seltsames. Das Training mit Harmony läuft wunderbar. Mittlerweile trainiert Kira auch schon schwierige

Lektionen. Und zum Spaß reitet sie die Küraufgabe, zu der sie mit Fine und Herrn Habermann die Musik zusammengestellt hat.

Der Trainer schaut in die Halle und lacht: „Wenn Moni ein bisschen gangfreudiger wäre, könntest du Fine ja richtig Konkurrenz machen. Schön, dass ihr Spaß habt!"

Herr Habermann erlaubt, dass Kira nach dem Training eine Runde um den Hof reitet. Ein richtiger Ausritt ist aus Sicherheitsgründen nur erlaubt, wenn mindestens zwei zusammen ausreiten. Also dreht Kira nur eine Runde um den Hof. Durch den Torbogen Richtung Straße und dann den Weg am Reitplatz entlang. Am Ende des Weges, wo es nach links Richtung Wäldchen und um die Weiden herum geht, bleibt Harmony abrupt stehen, spitzt die Ohren und wirkt aufgeregt. Kira wird unruhig. Was ist denn nur los? Da sieht sie plötzlich versteckt hinter einem Gebüsch ein vierrädriges Motorrad stehen.

Es ist in Tarnfarben lackiert, und die Reifen sehen so aus, als könnten sie ohne Probleme jedes Gelände bewältigen. Von einem Fahrer ist weit und breit nichts zu sehen.

Harmony beruhigt sich schnell wieder, und Kira reitet weiter. Unerwartet taucht aus dem Wäldchen auf einmal der Fahrer des Quads auf. Er ist komplett in schwarzer Montur gekleidet und trägt einen Helm, sodass sein Gesicht nicht zu erkennen ist. Der Fahrer sieht sie und geht nun schneller in Richtung des Fahrzeuges.

Kira ruft: „Was machen Sie hier? Ist etwas passiert?"

Der Fahrer hebt den Arm und winkt ab: „Nein, es ist alles in Ordnung, ich bin auf der Durchreise und musste so dringend mal. Ich dachte, hier kriegt es keiner mit."

Durch den Helm hört sich seine Stimme ganz dumpf an. Kira ist ein bisschen verwirrt, muss dann aber doch lächeln. So was denkt sich doch niemand aus. Sie hebt auch ihren Arm und reitet dann weiter. Sie sieht nicht das hinterhältige Grinsen des Fahrers, der sich auf sein Gefährt schwingt und davonjagt.

Dunkle Wolken – Ende des Glücks?

Der nächste Tag ist ein Samstag, und an diesem kommt Familie von Bodenhausen aus dem Sommerurlaub zurück. Es ist verabredet, dass Kira an diesem Tag noch einmal im Stall hilft und dann mit Fine gemeinsam die Ponys versorgt. Sie fährt heute mit dem Bus zum Stall, weil Herr Weidner gebraucht wird, um Fine und ihre Eltern vom Flughafen abzuholen.

Am Stall angekommen, trifft Kira auf Jakob und tritt ihm lächelnd entgegen. Doch der sonst immer so fröhliche Junge macht ein ernstes Gesicht.

„Ist was passiert?", will Kira wissen.

Jakob schaut sie an, schüttelt dann aber den Kopf: „Nein, nein. Es ist alles in Ordnung."

Kira ist etwas verwirrt, verdrängt die Gedanken aber und macht sich an die Arbeit. Sie mistet ein paar Boxen, verteilt Stroh und bereitet Mittagessen für die Pferde vor. An der Tür zur Sattelkammer sieht sie Frau Schönefeld mit Frau Habermann stehen. Sie sprechen leise miteinander. Als Kira in ihre Richtung geht, hören sie auf zu tuscheln. Es scheint Kira fast so, als hätten die Frauen über sie gesprochen.

Am frühen Nachmittag fährt der große, schwarze Geländewagen auf den Hof des Reitstalls. Josefine hüpft aus der Beifahrertür und rennt zum Stall. Dort umarmt sie als erstes Kira und läuft dann weiter, um ihre Ponys zu begrüßen. Fine sieht toll aus. Durch die zwei Wochen Sonne und Seeluft ist ihre Haut tief gebräunt und ihre schwarzen Haare glänzen noch viel mehr als sonst.

Lächelnd dreht sie sich zu Kira um: „Den beiden scheint es ja sehr gut zu gehen. Sie sehen super gepflegt und richtig glücklich aus. Danke, dass du dich so toll gekümmert hast!"

Kira fühlt sich über das Lob sehr geschmeichelt. Fine muss sich bei Herrn Habermann zurückmelden und geht zu ihm ins Büro im Wohnhaus. Später reiten die Mädchen mit den Ponys aus, und Fine erzählt ausführlich von ihren Urlaubserlebnissen.

Kira berichtet über die Ponys. Fine will genau wissen, wie alles geklappt hat und ob alle nett zu ihr waren. Das kann Kira nur bejahen. Auch für sie waren es tolle, unvergessliche Wochen. Fine bietet ihr an, während der Sommerferien öfter als die vereinbarten zwei Tage in der Woche zum Stall mitzufahren. Das erfreut Kira natürlich sehr, und so entscheiden die Mädchen, die Erlaubnis von Kiras Mutter vorausgesetzt, sich schon am nächsten Montag wiederzusehen.

Kiras Mutter hat nichts dagegen. Sie freut sich, dass ihre Tochter sich in den Ferien nicht langweilen muss.

Am Sonntagabend bekommt Kira jedoch Fieber und Ohrenschmerzen, und es geht ihr so schlecht, dass sie Fine anrufen und ihr für Montag absagen muss. Vielleicht hatte sie sich ja in den letzten beiden Wochen doch ein bisschen überanstrengt, oder sie hat sich einfach einen blöden Virus eingefangen.

Am nächsten Tag geht es ihr leider noch schlechter, sodass Julia Gösser entscheidet, mit Kira zum Arzt zu gehen. Der diagnostiziert eine Mittelohrentzündung und verschreibt Kira, wegen des Fiebers ein Antibiotikum. Kira ist bis Mittwoch richtig krank und kann erst am Freitag wieder zum Reitstall.

An dem Tag holt Herr Weidner Kira ab, und im Wagen sitzt eine nachdenklich wirkende Josefine. Auf Kiras Nachfragen reagiert Fine nur mit Kopfschütteln und der Aussage, dass alles in Ordnung sei.

Der Reitunterricht verläuft wie immer sehr positiv. Harmony zeigt sich von ihrer besten Seite, und Kira ist sehr stolz auf sie. Später stehen die Mädchen auf dem Hof und warten auf Herrn Weidner. Kira möchte wissen, ob sie nächste Woche denn wieder einmal zusammen ausreiten wollen.

Fine zuckt mit den Schultern. Was ist denn nur mit ihr los. „Klar, können wir machen. Von mir aus.“

Ob Fine auch krank wird? Sie ist doch sonst immer so begeistert, wenn es ans Ausreiten geht.

Am nächsten Montag ist es dann so weit. Kira und Fine bereiten die Pferde vor. Beide Ponys haben nagelneue Satteldecken und dazu passende Gamaschen bekommen. Für Dancer in Pink und für Harmony in Türkis. Sie sehen beide sehr edel aus. Die Mädchen sitzen auf und machen sich auf den Weg zu ihrer Lieblingsrunde. Die dauert ungefähr eineinhalb Stunden.

Auf dem Wirtschaftsweg angekommen, lenkt Kira ihr Pony neben das von Fine und stellt sie zur Rede: „Fine, ich möchte jetzt wissen, was los ist. Warum seid ihr alle so ernst und schaut mich so komisch an?“

Fine weicht erst aus und bleibt dabei, dass Kira sich das einbildet und alles in Ordnung ist. Aber Kira bleibt hartnäckig und fragt immer wieder nach, bis Fine schließlich einlenkt: „In der letzten Woche ist dreimal im Stall eingebrochen worden.

Immer zu der Zeit, wenn alle Habermanns beim Eishockey Training oder beim Turnier waren. Es ist jedes Mal Geld und einmal auch ein teurer Sattel gestohlen worden.

„Das ist ja furchtbar. Aber warum hat mir das niemand gesagt?", fragt Kira.

Fine schaut sie ernst an, und da versteht Kira, was los ist. Man verdächtigt sie, das getan zu haben! Das arme Mädchen, das bei den Reichen ein bisschen mitspielen darf und sich die Freundschaft von Josefine von Bodenhausen erschlichen hat! Sie hatte Einblick in die Abläufe im Stall und wusste auch, wo Geld aufbewahrt wurde. Und dann ist der einzig logische Schluss, dass sie gestohlen hat!

Kira ist total geschockt: „Glaubst du das im Ernst?"

Fine schüttelt traurig den Kopf: „Nein, eigentlich nicht. Ich kann mir das auch nicht vorstellen. Aber immer, wenn du da warst und die Habermanns nicht, ist etwas weggekommen. Und Carolin Schönefeld hat gesehen, wie du aus der Sattelkammer geschlichen bist."

Diese Hexe! Dabei hatte Kira ihr sogar einmal geholfen, als ihr Pferd beim Aufsteigen einfach nicht stehen bleiben wollte, und die beschuldigt sie jetzt? Da fällt Kira plötzlich der seltsame Quadfahrer ein, der heimlich von hinten um den Stall herum geschlichen ist und ihr weismachen wollte, er hätte nur dringend Pipi gemusst.

Sie hält Moni an und hebt feierlich die rechte Hand: „Ich habe in meinem Leben noch nie etwas gestohlen, noch nicht mal ein Kaugummi. Ich habe noch nicht mal daran gedacht. Das schwöre ich dir. Und ich hoffe, du vertraust und glaubst mir!"

Fine muss kichern: „Ja, das sind wirklich schlimme Unter-
stellungen und nochmal ja, ich glaube dir. Aber hast du vielleicht irgendeine Idee, was da passiert ist?"

Die hat Kira nicht, und das mit dem Quad behält sie vorerst
für sich, sonst hört es sich wie eine Ausrede an. Sie muss darüber erst mal genauer nachdenken. Josefine sagt mit fester
Stimme, dass Jakob auch nicht glaubt, dass sie das war, und
dass sie jetzt den Ausritt genießen und danach sofort mit den
Habermanns sprechen und die Vorurteile aus dem Weg räumen
werden.

Kira ist total erleichtert. Fine glaubt ihr. Dann wird sich alles aufklären und die Leute werden ihr, nur weil sie arm ist,
nicht weiter unterstellen, dass sie eine Diebin ist.

Schlimmer geht immer – Der große Knall

Erleichtert sieht Kira ihre Freundin an, die lächelt und ruft: „Alles wird gut, und jetzt lass uns reiten und Spaß haben!" Sie sind am Ende des Wirtschaftsweges angekommen dort müssen sie an der Talsperre vorbei über eine Brücke, und dann geht es den langen Berg hinauf zum Wald. Am Ende der Brücke entscheidet Fine, dass sie heute mal den Berg hinauf galoppieren und dabei schauen, welches Pony schneller ist.

„Bist du dir sicher?", will Kira wissen.

„Na, und ob!", ruft Fine zurück, und schon lässt sie Dancer angaloppieren.

Kira muss sich beeilen, ihren Helm zu richten und die Zügel zu sortieren, denn Harmony tänzelt auf der Stelle und will sofort hinter Dancer herjagen. Kira lässt sie laufen, und in wildem Galopp rasen die Ponys den Berg hinauf. Und dann passiert es.

Hinter einer Wegbiegung taucht ein Quad auf. Nein, nicht irgendeins, sondern das, welches Kira vor wenigen Tagen gesehen hat. Es rast auf sie zu. Sieht der Fahrer sie etwa nicht? Ist er verrückt geworden? Er wird nicht langsamer. Kira erinnert sich, dass Dancer panische Angst vor den Geräuschen der Quadmotoren hat. Und so ist es auch.

Das schwarze Pony macht eine Vollbremsung. Aber Fine ist eine tolle Reiterin, und sie kann sich geschickt halten. Der

Quadfahrer hält vor ihnen an und Kira ist froh, dass doch noch alles glimpflich ausgeht. Doch dann dreht er den Gashebel voll auf und fährt mit Vollgas auf die Reiterinnen zu. Sie können nicht ausweichen. Auf der rechten Seite stehen dicht an dicht Bäume, und auf der linken Seite geht es einen Abhang hinunter.

Das Quad kommt immer näher, Harmony dreht auf dem Absatz um und galoppiert den Weg bergab. Dancer wird panisch. Sie steigt und dreht sich in der Luft. Fine kann nichts mehr tun außer sich irgendwie festzuhalten. Das Pony ist außer Kontrolle, und plötzlich rutscht es mit einem Hinterbein über den Abhang. Dancer schafft es nicht mehr auf den Weg zurück und stürzt mit Fine den Hang hinunter.

Der Quadfahrer hupt mehrmals, wendet sein Fahrzeug und rast den Berg wieder hinauf. Kira schafft es, Harmony zu beruhigen und kann am Berg kehrtmachen, um schnell zu der Unglücksstelle zu reiten. Dort springt sie von Harmony, hält sie am Zügel und schaut den Abhang herunter. Unten liegen Fine und Dancer. Es sieht gar nicht gut aus.

Nach ein paar Augenblicken hustet und schnaubt Dancer. Vorsichtig versucht das Pony aufzustehen. Mit Mühe gelingt ihr das, und sie bleibt neben der eindeutig verletzten Josefine stehen. Dabei hält sie ein Vorderbein in der Luft.

Kiras Herz hämmert wie verrückt. Was soll sie jetzt tun? Runterklettern? Zurückreiten? Da fällt ihr ein, dass Fine ihr Handy dabei hat. Schweren Herzens lässt Kira Harmonys Zügel los und klettert den Hang hinunter. Zuerst fühlt sie Fines Puls und kontrolliert, ob sie frei atmen kann.

Dann sucht sie in den Taschen nach dem Handy, kann es

aber nirgends finden. Verzweifelt stellt sie sich hin und überlegt fieberhaft, was sie tun kann. Plötzlich entdeckt sie etwas am Rand des Abhangs. Es ist Fines Handy. Es muss ihr beim Sturz aus der Tasche gefallen sein. Glücklicherweise kennt sie Fines Code. Beide Mädchen haben ihren Geburtstag als Code zum Entsperren eingespeichert. Daher kennt Kira die Ziffernkombination. Sie ruft Herrn Habermann an. Der geht auch sofort ran.

Kira berichtet atemlos, was geschehen ist. Am anderen Ende wird es ganz still. Dann reagiert Herr Habermann sehr professionell. Er weist Kira an, den Notruf zu wählen und bei Fine zu bleiben. Er würde sofort zu ihnen kommen.

Wie in Trance tätigt Kira den Anruf und gibt alle erforderlichen Informationen an die Rettungsdienst-Leitstelle durch. Nach kurzer Zeit hört Kira ein Motorengeräusch. Herr Habermann kommt mit seinem kleinen Geländewagen den Berg hinauf. Bei ihm sind Jakob und Jonas. Alle springen aus dem Fahrzeug und laufen an Kira vorbei zu Fine. Herr Habermann weist seine Söhne an, die Ponys zum Hof zu führen. Harmony ist unverletzt und geht mit Jakob mit, aber Dancer kann ihr linkes Vorderbein nicht belasten und humpelt sehr stark.

Jonas zischt: „Das ist alles deine Schuld, erst bestiehlst du uns und jetzt verursachst du diesen Unfall!"

Herr Habermann telefoniert mit seiner Frau. Sie soll mit dem Pferdehänger zur Talsperre kommen, weil Dancer nicht bis zum Hof zurücklaufen kann, und dann soll sie sofort zu Dr. Sperber in die Klinik gebracht werden.

Kira fängt bitterlich an zu weinen. Sie ist total verzweifelt, aber sie muss sich jetzt zusammenreißen. Die Jungs führen die

Ponys weg, und Kira läuft dem Rettungswagen entgegen. Hoffentlich hat der freundliche Mann von der Leitstelle auch die Polizei benachrichtigt, damit Abdrücke von den Reifenspuren des Quads genommen werden können. Aber das Allerwichtigste ist, das Fine überlebt und ganz schnell wieder gesund wird.

Schnell ist ein ganzes Rettungskommando da, bestehend aus Feuerwehr, Krankenwagen, Notarzt und Polizei. Fine wird untersucht, erstversorgt und auf der Trage den Berg hinuntergebracht, da die schweren Fahrzeuge des Rettungsdienstes nicht bis zur Unfallstelle kommen. Kira hört die Sirene des Rettungswagens, als Fine Richtung Krankenhaus gebracht wird.

Die Polizei befragt Kira ganz genau und sichert Spuren. Nach einer Weile scheint der Spuk erst mal ein Ende zu haben. Die Einsatzkräfte rücken ab, und wortlos fährt Herr Habermann Kira zum Stall, wo sie nach Harmony sehen will. Aber Herr Habermann erklärt ihr, dass er das schon mache, und dass sie jetzt nach Hause gehen soll.

Kira seufzt tief und macht sich auf den einsamen, langen Heimweg. Sie ist verzweifelt. Alle denken, sie sei eine Diebin und jetzt auch noch an dem schrecklichen Unfall schuld. In was für eine Misere ist sie da nur hineingeraten? Dabei hat sie doch überhaupt nichts gemacht. Und im Bus denkt sie wieder über den Quadfahrer nach. Sie versucht, sich Einzelheiten ins Gedächtnis zu rufen, um zu verstehen, was überhaupt passiert ist.

Nach etwa einer Stunde kommt sie zu Hause in ihrer Wohnsiedlung an. In der Wohnung ist niemand. Da fällt ihr ein, dass ihre Mutter mit Lukas bei einer Freundin ist. Kira geht erst mal unter die Dusche, macht sich dann ein Sandwich und setzt sich damit vor den Fernseher. Sie muss zunächst abschalten, und das geht im Moment am besten, wenn sie sich berieseln lässt. Vielleicht kriegt sie dann ja ihre Gedanken wieder sortiert und findet raus, was sie nun tun soll.

Als Kiras Mutter und ihr Bruder am Abend nach Hause kommen ist Kira vor dem Fernseher eingeschlafen. Julia Gösser deckt sie zu und lässt sie auf der Couch schlafen.

Am nächsten Morgen wacht Kira vom Duft nach Spiegeleiern und Speck auf. Lukas hat Frühstück gemacht. Er steht mit der Pfanne vor ihr und grinst: „Ich wusste, dass du davon aufwachst. Mit Speck und Eiern kriegt man dich immer!"

Kira lächelt und freut sich aufs Frühstück. Das Sandwich, das sie sich gestern am späten Nachmittag gemacht hat, liegt angebissen auf einem Teller auf dem Wohnzimmertisch. Sie ist jetzt wirklich hungrig, steht schnell auf und setzt sich zu Lukas an den Küchentisch. Gähnend betritt nun auch Julia Gösser die Küche.

„Das duftet ja köstlich. Danke, lieber Lukas." Alle drei beginnen mit Heißhunger Toast mit Butter, Spiegeleier und Speck zu futtern.

Als alle satt sind, erzählt Kira, was gestern alles Schreckliches passiert ist und welchen Verdächtigungen sie ausgesetzt ist. Während sie erzählt, fängt sie an zu weinen. Sie schluchzt und schluchzt und kann sich gar nicht mehr beruhigen, weil sie sich so sehr zu Unrecht angegriffen fühlt. Es dauert eine ganze Weile, bis sie ihre Geschichte beendet hat. Weder ihre Mutter noch Lukas unterbrechen sie ein einziges Mal.

Schließlich schaut Julia Gösser ihre Tochter sehr traurig und mitleidig an: „Es war meine große Befürchtung, dass die reichen Leute dich enttäuschen und traurig machen, weil wir nicht so viel Geld haben wie sie. Aber dass es so schlimm kommt, hätte ich mir nie vorstellen können. Jetzt müssen wir erst mal herausfinden, wie es deiner Freundin geht und dann sehen wir, wie wir den ganzen Schlamassel gelöst bekommen."

Kira schaut ihre Mutter dankbar an, und Lukas nimmt sie in den Arm und drückt sie fest. Auf ihre Familie kann sie sich immer verlassen.

Nachdem sie sich gewaschen und umgezogen hat, fährt Kira gemeinsam mit ihrer Mutter mit dem Bus zum Krankenhaus. Das liegt am Ende der von Hortensien gesäumten Kaiserallee. Am Empfang fragen sie nach Josefine, und der nette Herr mit dem Bart erklärt ihnen, wo sie hinmüssen.

„Frau von Bodenhausen liegt auf der Privatstation. Die genaue Zimmernummer erfahren sie dort."

Mit einem extra für diese Station eingerichteten Aufzug erreichen sie Station 5 – Privatstation. Hier steigen sie aus und schauen sich erstaunt um.

Es sieht viel eher wie in einem teuren Hotel aus, nicht wie in einem Krankenhaus. Der Boden ist mit hochwertigem Parkett ausgelegt, und die Wände sind in einem warmen Beige gestrichen. Direkt vor ihnen lädt eine gemütliche, mit Leder bezogene Sitzecke, zum Verweilen ein. Hier stehen kalte Getränke sowie eine Kaffeepad-Maschine bereit. Zeitschriften sind auf dem Tisch ausgelegt, und als Raumteiler befindet sich zwischen Gang und Sitzecke ein großes Aquarium mit bunten Fischen.

Weiter können Kira und ihre Mutter aber nicht über den Luxus hier nachdenken, denn schon kommt ein gut aussehender, dunkelhaariger Mann in einem weißen Arztkittel auf sie zu.

„Kann ich Ihnen helfen?", fragt er freundlich.

Julia Gösser erklärt, zu wem sie möchten.

„Das trifft sich gut. Ich bin auch gerade auf dem Weg zu Josefine. Ich bin der behandelnde Arzt Dr. Meister, Chefarzt der Unfallchirurgie."

Gemeinsam betreten sie Zimmer 502. Es ist ein großes Einzelzimmer, und Fine liegt direkt am Fenster. Sie ist überall bandagiert. Am Kopf hat sie einen Verband, der über die Stirn geht. Ihr rechter Arm steckt in einer Schlaufe und die Hand ist verbunden. Ihr linkes Bein steckt in einer Art Schiene und ist hochgelagert.

„Schau mal, Josefine, ich habe dir Besuch mitgebracht", sagt der freundliche Arzt.

Fine lächelt zerknirscht: „Kira meine Retterin, dir ist zum Glück nichts passiert."

Zu Dr. Meister sagt Fine: „Wenn Kira nicht bei mir gewesen wäre, würde ich immer noch in dem Graben liegen."

Der Arzt lächelt und verabschiedet sich –bis später, wenn Fines Eltern zum Diagnosegespräch kommen. Er wünscht den Mädchen viel Spaß zusammen.

Kira ist so froh, dass Fine wieder bei Bewusstsein ist. Sie will erst mal genau wissen, welche Verletzungen ihre Freundin hat. Sie berichtet von einem gebrochenen Schlüsselbein, einem Mittelhandbruch, einem angebrochenen Oberschenkelknochen, einer Gehirnerschütterung und einer tiefen Schnittwunde an der Stirn von einem Ast oder einem Stein. Das hört sich alles nicht gut an. Aber Fine sagt, dass es viel schlimmer sein könnte. Sie muss vielleicht an der Hand und am Schlüsselbein operiert werden, aber das entscheidet sich erst später. Erst muss sie bis zum Abend stabil sein, und es darf ihr nicht schlecht werden.

Sie macht sich Sorgen um Dancer. Bisher hat ihr noch niemand gesagt, wie es ihr geht, und auch Kira kann ihr nicht weiterhelfen. Sie versucht aber, Fine zu beruhigen und erzählt ihr nicht ganz wahrheitsgemäß, dass Dancer ganz gut laufen konnte. Fine presst die Lippen zusammen und nickt. „Hoffen wir mal das Beste."

Da öffnet sich leise die Tür. Sofia und Harald von Bodenhausen betreten das Krankenzimmer. Sofort herrscht eine eisige Stimmung im Raum. Fines Vater wird laut und ungehalten: „Was willst du denn hier? Reicht es nicht, dass du unsere Gutmütigkeit und unser Vertrauen ausgenutzt hast und im Stall mehrfach gestohlen hast? Nein, dann hast du auch noch ein Rennen mit meiner Tochter geritten und sie in den Graben gedrängt, sodass unsere Tochter und das teure Pferd jetzt schwer verletzt sind. Das hat ein Bauer vom Traktor aus gesehen. Ich bitte dich und deine Mutter, unverzüglich zu gehen, und untersage fortan jeden weiteren Kontakt. Ich hoffe, ich habe mich klar ausgedrückt."

Das war deutlich.

Fine sagt gar nichts.

Kiras Mutter widerspricht entsetzt: „Aber es ist doch ganz anders."

Aber Harald von Bodenhausen lässt sich auf keine Diskussion ein. Er öffnet die Tür und weist mit der Hand nach draußen. Kira und ihrer Mutter bleibt nichts anderes übrig als zu

gehen. Fines Vater ruft ihnen noch hinterher, dass er von Anfang an gewusst habe, dass Kira nicht gut genug für seine
Tochter sei.

Fines Mutter geht ein paar Schritte hinter ihnen her und sagt
leise: „Tut mir sehr leid." Dann schließt sich die Tür, und Kira
und Julia Gösser stehen wie erschlagen im Krankenhausflur.

Kira schießen die Tränen in die Augen, und auch ihre Mutter
reibt sich verstohlen mit dem Jackenärmel über ihr Gesicht.
Sie nimmt ihre Tochter in den Arm. So mies sind sie noch nie
von irgendjemandem behandelt worden. Aber Kiras Mutter hat
sogar jetzt noch freundliche Worte für diesen schrecklichen
Mann. „Er ist in großer Sorge um sein einziges Kind", erklärt
sie Kira, „da muss man über eine solch heftige Reaktion schon
mal hinweg sehen."

Die beiden gehen zum Aufzug. Sie bemerken nicht, dass
Dr. Meister sie aus der offenen Tür eines Behandlungszimmers
beobachtet und ihr Gespräch mitgehört hat. Und nicht nur das;
er hat die harten Worte von Herrn von Bodenhausen auch mitbekommen.

Um etwas gegen den schlimmen Schreck zu tun, holen sie
Lukas ab und gehen ein riesengroßes Eis essen. Das sprengt
zwar das Wochenbudget, aber das ist gerade allen egal. Julia
Gösser sagt traurig, dass ihre Befürchtungen leider eingetreten
sind. Sie selbst kommt mit solchen Menschen klar, aber für
Kira tut es ihr unendlich leid. Sie wirkte in den letzten Wochen
so glücklich wie schon ewig nicht mehr. Das große Ponyglück
scheint jetzt abrupt zu Ende zu sein.

Ihr kleiner Bruder rät Kira, ordentlich Pferdemist zu besor-
gen und damit den schrecklichen ‚Herrn von Schnöselhausen'

zu bewerfen. Da müssen alle laut lachen, und danach fühlen sich Kira und ihre Mutter ein wenig besser. Lachen ist doch die beste Medizin.

„Ich werde die geliehene Reithose, die Chaps und die Weste an Josefine zurückschicken", überlegt Kira.

„Gute Idee", findet Lukas, „und ich packe noch ein paar alte, löchrige Stinkesocken mit rein." Das sorgt wieder für Erheiterung, aber schnell wird Kira wieder sehr traurig: „Schade, es war so eine schöne Zeit, und ich dachte wirklich, Fine ist meine beste Freundin. Aber als ihr Vater uns weggejagt hat, hat sie gar nicht zu mir gehalten. Und Mama, es tut mir so leid, dass du das miterleben musstest. Du hast nun wirklich genug Kummer und Sorgen."

Kiras Mutter schüttelt den Kopf: „Mütter halten so was locker aus. Für so was sind wir gemacht."

In den nächsten Tagen bleibt Kira meistens zu Hause. Sie spielt mit Lukas Gesellschaftsspiele oder geht mit ihm auf den Hof eine Runde Fußball spielen. Am darauf folgenden Freitag verabredet sich Kira mit einem Mädchen aus ihrer Klasse. Sie gehen zusammen ins Kino. Von dem Geld, das Kira bei den Habermanns verdient hat, kann sie sich das sogar leisten. Sie schauen sich einen Film der Star Wars-Reihe an und tauchen ein in die Fantasiewelt von Kriegen in anderen Welten. Kira leistet sich sogar eine Cola und eine Tüte Popcorn.

Eine Weile kann sie Josefine, die Ponys und das ganze Drama vergessen. Nach dem Film müssen die Mädchen Busse in unterschiedliche Richtungen nehmen, um nach Hause zu kommen. Nun wird es langsam, aber sicher, immer dunkler. Kira ruft schnell ihre Mutter an, um ihr mitzuteilen, dass alles in Ordnung ist und sie gleich zu Hause sein wird.

Von der Haltestelle aus geht Kira mit zügigen Schritten Richtung Gartenstraße. Sie betritt den Hof des Wohnblocks und wird langsamer. Dann bleibt sie stehen und macht sich klein, um hinter ein geparktes Auto zu schleichen. Ihr Herz schlägt wie wild und sie hat Angst, dass man es laut pochen hören kann. Sie reißt die Augen weit auf. Das kann doch nicht sein. Sie muss sich täuschen. Kira nimmt ihren ganzen Mut zusammen und schleicht in Richtung Garagen.

Eine Tür ist halb geöffnet, und in der Garage brennt Licht. Es ist die Garage, in der Bennett Krämer immer herumschraubt. Kira hofft, dass sie sich das nur eingebildet hat, aber als sie nun näher an die halb geöffnete Tür heranschleicht, ist sie sich sicher.

In der Garage steht das in Tarnfarben lackierte Quad, das mit Absicht in vollem Tempo auf Fine und sie losgerast war und den schlimmen Unfall verursachte.

Nun hört Kira die immer so aggressiv klingende Stimme von Bennett. Sie zuckt erschrocken zusammen.

„So, dann lass mal nachzählen, was wir heute von den reichen Schnöseln haben mitgehen lassen, und schieb doch endlich mal das Tor runter. Muss ja nicht jeder mitkriegen, was wir hier treiben!"

Kira beginnt zu zittern. Was soll sie denn nur tun, und wie kommt sie hier unbemerkt wieder weg? Einem Geistesblitz folgend stellt sie schnell ihr Handy auf lautlos. Nicht auszudenken, was passieren würde, wenn ihre Mutter jetzt anriefe.

Das Garagentor wird geschlossen. Dabei hört Kira eine weitere, ihr unbekannte, männliche Stimme: „Ist ja schon gut.

Kein Mensch ahnt etwas. Aber wir müssen uns ein neues Betätigungsfeld suchen. Die Göre aus deiner Nachbarschaft hilft nicht mehr in dem Stall. Und alle dort glauben, dass sie die Diebstähle begangen hat. Jetzt, wo sie nicht mehr da ist, suchen die vielleicht einen neuen Schuldigen. Nicht dass uns jemand auf die Schliche kommt!"

Die Antwort von Bennett kann Kira nicht verstehen. Sie hört nur sein unsympathisches Lachen.

Kira fühlt sich erstarrt, wie unter einem Schock. Sie kann sich nicht bewegen. Nach ein paar Minuten, die ihr wie eine lange Ewigkeit vorkommen, löst sich ihre Starre. Der Drang, schreiend loszurennen, ist riesengroß, aber sie widersteht ihm. Ganz langsam und so leise wie möglich schleicht sie rückwärts wieder zu dem Auto, hinter dem sie sich vorhin zuerst versteckt hat. Dann geht sie Richtung Hofeingang und mit schnellen Schritten zur Eingangstür. Sie betritt den Aufzug und drückt den Knopf für die vierte Etage. Als sich die Aufzugtür geschlossen hat, lehnt sie sich erschöpft an die Wand.

„So jetzt muss ich es erstmal bis in die Wohnung schaffen, und dann sehe ich weiter." Sie entscheidet, das Gesehene und Gehörte erst mal für sich zu behalten und nachzudenken, was nun zu tun ist.

In der Wohnung tritt Julia Gösser mit ernstem Gesicht auf Kira zu. Sie berichtet, dass Herr Habermann angerufen hat und sie beide für morgen Nachmittag in den Stall bestellt hat. Die Diebstähle sollen geklärt werden. Kira soll sich genau überlegen, ob sie nicht doch alles zugeben will. Dann würde man von einer Anzeige absehen. Ansonsten würde man die Polizei dazu rufen.

Kira ist entsetzt. Sie hat immer nur versucht, alles richtig zu machen und bekommt nun einen Riesenhaufen Ärger.

Wo sie gerade bei Ärger ist: Ihr fällt siedend heiß ein, dass sie noch immer Fines Handy haben muss. Sie durchsucht ihre Reitkleidung, aber umsonst. Schließlich findet sie es in der Innentasche der Weste, die sie von Fine geschenkt bekommen hat. Der Akku ist bei einem Prozent. So schnell sie kann, bringt Kira es zur Ladestation und endlich hat sie mal Glück, denn es schaltet sich nicht komplett aus, sondern beginnt mit dem Ladevorgang.

Kira ist noch gar nicht dazu gekommen, die Sachen, die sie von Fine ausgeliehen hat, zurückzuschicken. Das Handy wird bestimmt auch vermisst. Nachher wird sie auch noch beschuldigt, eine Handy-Diebin zu sein und sich an dem teuren Gerät bereichern zu wollen.

Sie entsperrt das Telefon und sucht aus den Kontakten die Nummer von Herrn Weidner, dem Chauffeur heraus. Den ruft Kira an, und nach dem zweiten Klingeln nimmt er ab. Kira erklärt ihm, dass sie das Handy von Fine gerade gefunden hat. Sie bittet ihn, es abzuholen. Er soll aber bitte mit seinem unauffälligen Privatauto kommen, damit Bennett – falls er ihn sieht – keinen Verdacht schöpft. Und dann soll er es bitte zu Fine bringen. Kira sagt ihm, sie würde das ja auch selber machen, aber sie sei ja nicht mehr erwünscht.

Herr Weidner reagiert erst skeptisch und schlägt vor, Kira solle das Telefon mit der Post schicken. Aber Kira bleibt hartnäckig. So viel Zeit hat sie nicht mehr. Sie muss unbedingt mit Josefine in Kontakt treten.

Schließlich willigt Herr Weidner ein, und kurze Zeit später

übergibt Kira ihm das Handy vor der Eingangstür.

„Wie geht es Fine? Wird alles wieder gut? Und was ist mit Dancer?", will Kira alles wissen.

Herr Weidner berichtet, dass Fine noch im Krankenhaus ist, weil sie doch noch operiert werden musste, und dass sie mindestens sechs Wochen nicht reiten kann. Das Pony hat eine Prellung am Vorderbein und diverse Abschürfungen. Aber das wird alles schnell wieder verheilen.

Kira nickt und betont noch einmal, wie wichtig es ist, dass Fine das Handy schnell bekommt.

Diebesgut – In dunkler Nacht

Spät an diesem Abend erhält Fine eine Nachricht von Kira. Zuallererst drängt Kira darauf, von Fine zu erfahren, ob sie ihr glaubt, und ob sie auf ihrer Seite ist.

Josefine antwortet sofort: „Ja, zu 100 %!"

Kira schreibt zurück, dass sie das Quad gefunden hat und heute Nacht herausfindet, ob der Fahrer auch der Dieb ist. Und im besten Fall enttarnt sie auch die Identität des Fahrers. Fine ist ihre Versicherung. Kira wird Fotos als Beweis senden. Wenn Kira sich nicht bis Mitternacht zurückmeldet, soll Fine die Polizei rufen.

Josefine will wissen, warum sie nicht sofort die Polizei zu Hilfe rufen, aber Kira schreibt, dass sie sich erst ganz sicher sein muss, sonst stehe sie nachher auch noch als Verleumderin da, die andere beschuldigt, um von ihren Taten abzulenken. Das klingt einleuchtend. Fine drängt sie, vorsichtig zu sein und wünscht ihr viel Glück.

Das wird Kira auch brauchen.

Kurz denkt sie darüber nach, ihre Mutter einzuweihen, verwirft den Gedanken aber sofort wieder. Julia Gösser würde das nie erlauben und sich unendliche Sorgen um ihre Tochter machen. Also lässt Kira das bleiben. Es ist so schon schlimm genug, dass sie wohl mit der Polizei zu tun bekommen wird, und das, obwohl sie noch nie gegen irgendein Gesetz verstoßen hat.

Das wurd sich heute ändern. Kira glaubt, dass man es Hausfriedensbruch nennt, wenn man unerlaubt fremdes Eigentum betritt, sei es auch nur gemietet.

Kira spielt ihrer Mutter nun ihre Abendroutine vor. Sie geht ins Bad, wäscht sich das Gesicht und die Hände, putzt Zähne und trägt eine Creme auf. Dann geht sie zu ihrer Mutter und wünscht ihr eine gute Nacht. Die lächelt und sagt: „Schlaf gut. Mach dir nicht zu viele Gedanken wegen morgen Nachmittag. Wir schaffen das schon. Und sei bitte leise. Lukas schläft schon lange."

Kira drückt ihre Mutter fest und geht dann ins Kinderzimmer. Dort liegt Lukas friedlich und tief schlafend in seinem Bett. Kira tut so, als ob sie sich aus- und den Schlafanzug anzieht und legt sich dann mit kompletter Bekleidung und Schuhen ins Bett. Sie tastet mit der rechten Hand an ihrer Gesäßtasche. Da ist der Haustürschlüssel. Den wird sie brauchen. Dann beginnt das Warten. Sie darf auf keinen Fall einschlafen, aber das ist auch eher unwahrscheinlich, weil sie so furchtbar aufgeregt ist, dass sie ihren Puls am Hals spüren kann.

Um 23 Uhr verabschiedet sich endlich auch Julia Gösser ins Bett. Nun muss Kira noch etwas Geduld haben. Normalerweise schläft ihre Mutter immer sehr schnell ein. Aber was ist im Moment denn schon normal? Doch dann dauert es wirklich nicht lange und Kira kann die langen, gleichmäßigen Atemzüge ihrer Mutter hören.

Ganz vorsichtig klettert sie aus dem Bett. Sie macht kein Licht und schleicht sich zur Haustür hinaus. Diese quietscht ein bisschen, als Kira sie zuzieht. Komisch, das ist ihr noch nie aufgefallen, aber sie hat ja auch noch nie so eine abenteuerliche Nachtwanderung unternommen.

Zuerst geht sie Richtung Aufzug, überlegt es sich aber schnell wieder anders. Das wäre viel zu laut, und sie darf nicht riskieren, entdeckt zu werden. Also nimmt sie die Treppe und versucht, möglichst leise zu sein. Als sie ein kleines Mädchen war, hat sie in Treppenhäusern immer gedacht, sie könne von dem einen zum anderen Treppenabsatz schweben. Das wäre jetzt sehr hilfreich. Aber die Lautstärke ihrer Tritte ist nicht das Problem, sondern dass in jedem Stockwerk Bewegungs-melder angebracht sind, die das Treppenlicht automatisch an-schalten. Hoffentlich bekommt Kira dadurch keine Schwierig-keiten.

Unten angekommen lauscht sie erst einmal auf ungewöhnli-che Geräusche. Aber mitten in der Nacht auf so einer geheimen Mission ist jedes Geräusch unheimlich. Also reißt Kira sich zusammen und geht durch die Haustür auf den Hof. Sie wendet sich nach links und schleicht an der Hauswand entlang in Rich-tung der Garagen. Dort angekommen zuckt sie zurück.

Da ist doch jemand! Aber dann hört sie ein Miauen und at-met erleichtert aus. Es ist nur eine Katze. Doch der Schreck sitzt ganz schön tief. Sie geht zu den Rückseiten der Garagen.

Aber welche ist es denn nun? So ein Mist! Kira weiß nicht mehr, welche Garage vorhin halb offen stand. Jetzt bleibt ihr nur übrig, in alle kleinen Garagenfenster mit der Handy-Ta-schenlampe hineinzuleuchten.

Die ersten beiden Fenster überspringt Kira. Da ist sie sicher, die waren es nicht. Aber dann weiß sie es leider nicht mehr genau. Sie schaut in das dritte Fenster. Hier sieht sie zwei Fahrräder und einen Kinder- oder Hundeanhänger. Sonst ist die Garage leer. Durch das vierte Fenster sieht Kira ein älteres Auto mit einer Beule an der Fahrertür. Außerdem vier übereinander gestapelte Reifen. Direkt vor dem Fenster ist ein schmales Regal angebracht. Darauf liegen Werkzeuge und Lappen unordentlich verteilt. Das war auch nichts. Das dauert alles viel zu lange. Kira ärgert sich: Sie hätte sich besser vorbereiten müssen. Auch die sechste Garage ist eine Niete.

Aber dann, bei Garage Nummer sieben, landet sie einen Treffer. Darin steht mittig das Quad. In der linken hinteren Ecke befindet sich eine große Metalltonne. Darauf und daneben liegen alte Decken. Unter dem Fenster ist auch hier ein Regal aufgestellt. Dieses ist jedoch leer. An den Wänden sind Halterungen angebracht, an denen Auspuffrohre und Werkzeuge hängen. Jetzt steht Kira vor dem nächsten Problem. Das Fenster ist geschlossen. Allerdings ist es nicht verriegelt. Kira versucht, es aufzuschieben, aber sie scheitert und bricht sich dabei zwei Fingernägel ab. Autsch, das tut ganz schön weh.

Dann sieht Kira, dass der Fensterrahmen auf einer Seite gebrochen ist. Kira drückt mit den Handflächen dagegen. Erst scheint sich nichts zu tun, aber dann gibt der Rahmen langsam nach. Kira hat plötzlich das komplette Fenster mit Rahmen in der Hand. Es ist nicht wirklich schwer, und sie stellt das Fenster neben sich auf den Boden. Dann zögert sie, überlegt es sich anders und schiebt es durch die Fensteröffnung auf das Regal.

Kira ist sich bewusst, dass das, was sie hier tut, nicht wirklich legal ist, aber sie sieht keine andere Möglichkeit. Sie muss beweisen, dass sie mit den Einbrüchen auf dem Hof der Habermanns nichts zu tun hat, und dass sie nicht die Schuld an Fines Unfall trägt. Sie zieht sich nun an der Fensteröffnung nach oben und schiebt den Oberkörper durch die Öffnung. Dann stützt sie sich mit den Händen an dem Regal ab und klettert in die Garage.

Hier bleibt sie erst mal stehen und schaut sich um, treibt sich nach einem Blick auf die Uhr aber zur Eile an. Sie hat nur noch etwa 15 Minuten, um sich bei Fine zurückzumelden, bevor die bei der Polizei anruft. Kira inspiziert das Quad ganz genau. Sie macht Fotos von allen Seiten und vor allem auch von den Reifen und dem Profil, damit man die Bilder mit den Spuren vom Unfallort vergleichen kann. Sonst kann sie an dem Fahrzeug nichts Besonderes feststellen. Sie muss auch den Rest der Garage untersuchen.

Von den Auspuffrohren an der Wand nimmt Kira eines aus der Halterung und schaut verwundert in die obere Öffnung. Das kann doch nicht sein! Sie leuchtet mit der Taschenlampe hinein und tatsächlich: Das Rohr ist mit Geldscheinen vollgestopft. Jede Wette, dass es das gestohlene Geld ist.

Und dann überschlagen sich die Ereignisse.

Kira hört plötzlich Stimmen von mindestens zwei Personen und sich nähernde Schritte. Kiras Körper reagiert in Sekundenbruchteilen. Sie fühlt sich wie eine Spinne, von der man sagt, sie könne die Geschehnisse in Zeitlupe beobachten. Sie hängt das Auspuffteil rasch wieder in die Halterung, ist mit zwei Schritten am Fenster, um zu fliehen.

Doch genauso schnell ist ihr klar: Dafür reicht die Zeit nicht!

Also muss sie den Plan ändern. Sie schnappt sich das Fenster und schiebt es provisorisch in die Fensteröffnung. Dann schweift ihr Blick durch den Raum. Die Tonne mit den alten Decken scheint die einzige Versteckmöglichkeit zu sein. Also spurtet Kira in die Ecke der Garage, schiebt sich neben die Metalltonne und zieht die Decken über sich. Sie stinken bestialisch nach einer Mischung aus Moder und Benzin. Kira muss würgen, aber sie reißt sich tapfer zusammen. Das hier ist ihre einzige Möglichkeit, nicht entdeckt zu werden.

Schon hört sie, wie jemand mit einem Schlüsselbund hantiert und dann den Knauf der Garagentür dreht. Kira schließt die Augen, in der irrationalen Hoffnung, das helfe, nicht gesehen zu werden.

Dann öffnet sich das Tor. Die Stimme von Bennett ist zu hören: „So dann wollen wir mal unsere letzte Ponyhof-Tour starten."

Eine andere Stimme, die Kira nicht kennt, antwortet: „So sieht es aus. Gut, dass du gestern alles noch mal ausspioniert hast. So wissen wir, dass die dämliche Hoffamilie heute die ganze Nacht nicht da ist, um ihre verzogenen Bälger beim Eishockey-Spiel in Hessen anzufeuern. Aber danach suchen wir uns ein neues Betätigungsfeld, sonst fliegen wir noch auf!"

„Geht klar. Bis jetzt glaubt noch jeder, dieses Mädchen aus dem Wohnblock ist die Diebin. Und in dem Glauben wollen wir auch alle lassen." Bennetts unsympathisches Lachen hämmert durch die Garage. Dann wird das Quad angelassen, aus der Garage gerollt und diese sorgfältig wieder verschlossen.

Kira hält noch ein paar Augenblicke die Luft an und atmet dann erleichtert aus. Ist es gut gegangen? Ist sie unentdeckt geblieben? Es scheint so.

Eilig schiebt sie die stinkenden Decken von sich weg und schaut auf die Uhr. Es ist 11:59 Uhr. Sie drückt auf die Wahlwiederholung und Fines Nummer wird angerufen. Es klingelt nur einmal, dann ist Fine dran.

Kira lässt sie gar nicht zu Wort kommen, sondern gibt nur

kurze, klare Anweisungen. Schließlich hört sie Fine sagen: „Ich habe alles verstanden." Sie legt auf. Hoffentlich geht alles gut aus.

Kira sichert Beweise in der Garage. Sie fotografiert das gestohlene Geld. Alle Fotos schickt sie dann an Fine. Später verlässt sie die Garage über den Weg, auf dem sie hineingekommen ist. Sie denkt sogar daran, das Fenster wieder einzusetzen. Mit zitternden Knien geht sie zurück zum Haus und dann in die Wohnung.

Jetzt kann sie nichts mehr aktiv tun, nur noch abwarten.

In der Wohnung erwartet Kira, dass alle Lichter brennen und ihre Familie sie aufgeregt begrüßt. Doch nichts dergleichen findet sie vor. Alle Lichter sind ausgeschaltet und sowohl Julia als auch Lukas Gösser liegen tief und fest schlafend in ihren Betten.

Kira ist darüber sehr erstaunt. Sie hat das Gefühl, nie wieder schlafen zu können. Doch auch da täuscht sie sich. Sie braucht zwar etwa eine halbe Stunde, dann aber schläft sie ein und fällt in einen traumlosen tiefen Schlaf.

Ein heller Tag – Aussprache

Am nächsten Morgen wacht Kira irritiert auf. Sie braucht ein paar Augenblicke, um sich zu orientieren und die Ereignisse der letzten Nacht zu sortieren. Dann setzt sie sich abrupt auf und fischt nach ihrem Handy. Sie hat es letzte Nacht gar nicht in den Wohnungsflur gebracht. Es ist schon 9 Uhr? Sie springt aus dem Bett, bremst sich dann noch mal und kontrolliert ihre Nachrichten.

Josefine von Bodenhausen schreibt: „Herr Weidner holt dich 9:30 ab, deine Mutter soll mitkommen."

„Komische Nachricht", denkt Kira, läuft aber zu ihrer Mutter, die fertig angezogen mit Lukas am Küchentisch sitzt und schon gefrühstückt zu haben scheint. Kira erklärt ihr in Kurzfassung, was gestern Abend und während der Nacht alles geschehen ist, doch Julia Gösser unterbricht sie und erklärt, dass Frau von Bodenhausen sie schon angerufen hat.

Da ist Kira ganz perplex.

Alle gemeinsam begeben sie sich auf den Hof des Wohnkomplexes. Vor der Garage von Bennett stehen zwei Polizeiwagen, das Tor ist geöffnet, und der Zugang zu den Garagen ist mit gelbem Flatterband abgesperrt.

In diesem Moment biegt der schwarze Geländewagen mit Herrn Weidner am Steuer auf den Hof. Er steigt aus, reicht den dreien die Hand und lässt Kiras Mutter vorne und die Kinder hinten einsteigen. Dann rollt der Wagen aus der Einfahrt.

Er nimmt die Route Richtung Reitstall. Während der Fahrt hüllen sich alle in Schweigen, nur Lukas versucht einmal herauszufinden, was eigentlich los ist. Da er aber von niemandem eine Antwort bekommt, verstummt auch er wieder. Dann biegt der Wagen in die Einfahrt des Reitstalls. Hier hat Kira sich immer so wohlgefühlt, bis die falschen Beschuldigungen das scheinbar für immer beendeten.

Hier ist heute auch alles anders als sonst. Auf dem Hof stehen ein großer Einsatzwagen der Polizei und zwei schwarze Limousinen, wie sie im Fernsehen immer von Kripobeamten gefahren werden. Außerdem steht die ganze Familie Habermann und alle Pferdebesitzer sowie Sofia und Harald von Bodenhausen vor dem Wohnhaus.

Lukas steht der Mund weit offen. Er hat vor Aufregung hektische, rote Flecken im Gesicht. Kira drückt schnell seine Hand, woraufhin er erleichtert lächelt. Herr Weidner schaltet den Motor ab und lässt Julia Gösser aussteigen. Die öffnet dann den Kindern die hintere Tür, worauf die Geschwister zögernd aus dem Wagen klettern. Gemeinsam gehen sie auf die Gruppe der wartenden Menschen zu. Alle schauen sehr ernst drein.

Zuerst stellen sich zwei Polizisten in Zivilkleidung als Kommissar Schirmer und Kommissar Baier vor. Der Ältere der beiden erklärt, dass in der letzten Nacht, durch einen telefonischen Tipp zwei Einbrecher hier auf dem Hof auf frischer Tat ertappt wurden. Sie versuchten gerade, ins Wohnhaus der Habermanns einzubrechen. Ein Fenster hatten sie bereits aufgehebelt.

Bei den Einbrechern handele es sich um den 19-jährigen, mehrfach vorbestraften Bennett Krämer und den 21-jährigen

Mirko Mülcher, der bereits wegen Diebstahl und Hehlerei angeklagt war, erzählt der Kommissar weiter: Man hatte ihm aber nichts nachweisen können. Das würde sich diesmal ändern! Den Angaben der Anruferin folgend habe man in einer Garage in der Gartenstraße das fast vollständige Diebesgut in Form des gestohlenen Geldes gefunden. Nur der auch als gestohlen gemeldete teure Dressursattel sei nicht aufzufinden gewesen. Bei der ersten getrennten Befragung habe Krämer den vorsätzlichen Angriff auf Josefine und Kira mit dem nun sichergestellten Quad zugegeben. Die Reifenprofile würden mit den Spuren am Tatort übereinstimmen. Der Täter gebe an Kira einige Male beobachtet zu haben, wenn der Chauffeur sie in der Gartenstraße abgeholt habe. Irgendwann sei er ihr dann gefolgt, um herauszufinden, wo sie immer hingefahren würde. Dann habe er Mirko Mülcher mit ins Boot geholt. Gemeinsam haben sie die Einbrüche dann durchgezogen. Einer hat Schmiere gestanden, der andere hat gestohlen.

Am Tag des Unfalls habe Bennett wieder einmal eine Absage auf eine Jobbewerbung erhalten und sei so neidisch und daher wütend auf Kiras Glück geworden, dass er ohne viel nachzudenken, den Mädchen einen Riesenschreck habe einjagen wollen. Dass das Pferd von Josefine derart panisch auf Quads reagiert, habe er nicht ahnen können.

Kira schaut zu Jakob. Der sieht sie kurz an und senkt dann schuldbewusst den Blick. Die Polizeikommissare berichten, dass sie mit der Arbeit vorläufig fertig sind und sich nun verabschieden. Was den gestohlenen Sattel angehe, möge sich die Bestohlene, Frau Schönefeld, doch an ihre Versicherung wenden. Nacheinander rollen das Einsatzfahrzeug und die neutralen Limousinen vom Hof. Dann herrscht betretenes Schweigen.

Als Erster meldet sich Herr Habermann zu Wort.

„Kira, Frau Gösser … ich weiß gar nicht, was ich sagen soll. So etwas ist mir noch nie passiert. Ich möchte mich in aller Form entschuldigen, obwohl unser Verhalten kaum entschuldbar ist. Wir haben uns blenden lassen, und nicht auf unser Herz gehört. Dabei hätte uns klar sein müssen, dass so ein nettes, fleißiges und gut erzogenes Mädchen wie Kira uns niemals bestehlen würde. Im Namen meiner Familie tut es mir von Herzen leid, und du bist jederzeit wieder hier willkommen, Kira. Wofür auch immer."

Beschämt blickt Kira zu ihrer Mutter. Die zuckt leicht mit den Schultern. Dann tritt Herr von Bodenhausen einen Schritt vor.

Jetzt sieht der überhebliche, unverschämte Mann ganz anders aus. Er wirkt sehr zerknirscht, als er sagt: „Kira, ich habe mich unmöglich verhalten. Die Angst und Sorge um meine einzige Tochter hat dazu geführt, dass ich jedes gute Benehmen vergessen habe. Was ich da im Krankenhaus gesagt habe, ist unentschuldbar. Ich habe total die Fassung verloren. Ich bitte dich und deine Mutter hiermit ganz offiziell um Entschuldigung."

Kira ist zu aufgeregt. Sie kann gar nichts sagen. Ihre Mutter schüttelt den Kopf. Sie erklärt den Umstehenden, dass sie die Entschuldigung aus Höflichkeit annimmt, dass sie aber entsetzt darüber sei, dass finanziell abgesicherte Menschen, über in Not geratene Menschen so schnell negativ urteilen, nur weil sie nicht so viel Geld haben. Nach einem sehr schwierigen und traurigen Jahr habe ihre Tochter endlich wieder Freude am Leben gefunden und eine neue Freundin. Und nur ein paar falsche Verdächtigungen haben das alles wieder zerstört.

Harald von Bodenhausen schaut sie fest an: „Sie haben recht. Diese Zurechtweisung haben wir verdient. Ich hoffe, wir können das wiedergutmachen."

Jakob kommt auf Kira zu und nimmt sie einfach in den Arm. Er sagt, dass er sie sehr gern habe und hoffe, dass sie ihm das glaubt. Das ist zu viel für das Mädchen. Kira beginnt zu schluchzen, muss aber gleichzeitig auch lachen, weil nun endlich die ganze Anspannung von ihr abfällt.

Herr Habermann schaut plötzlich wissend zu Carolin Schönefeld. „Hast du uns vielleicht irgend etwas mitzuteilen?" Die reiche Pferdebesitzerin bekommt knallrote Wangen.

„Was ist denn jetzt los? Was wollt ihr von mir?" Sie fängt an zu stottern. Ihre Stimme überschlägt sich fast.

Anna Habermann hakt noch einmal nach: „Durch deine Verdächtigungen haben wir Kira doch erst beschuldigt. Kann das sein, das du dir da nur was ausgedacht hast?"

Jetzt kippt die Stimmung, und Carolin Schönefeld wird ganz weinerlich. Am Ende gibt sie zu, dass ihr teurer Sattel gar nicht gestohlen wurde. Sie hat ihn heimlich mit nach Hause genommen, den Diebstahl nur vorgetäuscht und Kira verdächtigt. Sie habe Kira in den letzten Wochen aufmerksam beobachtet und sei sehr neidisch auf deren Reitkünste. Sie selbst mühe sich seit Jahren ab und sei nie auf einen grünen Zweig gekommen, und dieses Mädchen reitet noch gar nicht lange und sei so talentiert.

Außerdem stellte sich heraus, dass Frau Schönefeld eifersüchtig auf die Freundschaft war, die sich zwischen den beiden Mädchen entwickelt hatte. Sie selbst sei mit ihrem Leben im Moment so unzufrieden, und da soll es anderen nicht besser gehen. Auf eine Entschuldigung brauchen die anwesenden Personen nicht zu warten.

Herr Habermann fragt Familie Gösser, ob sie Anzeige gegen Frau Schönefeld erstatten wollen. Aber das wollen sie nicht. Sie möchten das alles nur so schnell wie möglich hinter sich lassen.

Vom Stallbesitzer erhält die Überführte die fristlose Kündigung und den guten Rat, ihr Leben zu ordnen.

Sofia von Bodenhausen schlägt vor, dass Kira mit ihrer Familie nun erst mal zu Fine ins Krankenhaus fährt, damit die beiden sich mal in Ruhe aussprechen. Das hört sich für Kira sehr gut an. Vorher möchte sie aber unbedingt nach den beiden Ponys schauen, die sie so ins Herz geschlossen hat.

Jakob begleitet sie. Vor Harmonys Box bleiben sie stehen. Er streicht ihr eine Haarsträhne aus dem Gesicht und lächelt sie an.

„Das war ganz schön mutig von dir. Fine hat meinem Vater erzählt, dass du in die Garage geklettert bist, um Beweise für deine Unschuld zu sichern."

„Tja," antwortet Kira, „was sollte ich machen? Sonst hätte mir ja nie wieder jemand geglaubt."

Jakob nimmt sie in den Arm und drückt ihr vorsichtig einen Kuss auf die Stirn. Innerlich muss Kira schmunzeln. Schon allein dafür hat sich die ganze Aufregung gelohnt.

Lichtblick – Ein unerwartetes Angebot

D ie Eheleute von Bodenhausen bestehen darauf, dass Familie Gösser von Herrn Weidner zum Krankenhaus gefahren wird. Lukas liefern sie noch bei seinem Freund Anton ab. Die beiden sind zum Fußball spielen verabredet.

Am Krankenhaus angekommen betreten sie Josefines Zimmer. Die sitzt in einem Rollstuhl, und ein freundlich aussehender Mann mit einem rötlichen Dreitagebart sitzt neben ihr. Er trägt die Kleidung eines Krankenpflegers, aber Fine stellt ihn als ihren Physiotherapeuten vor. Fine sieht viel besser aus. Von der Schnittwunde in ihrem Gesicht ist fast gar nichts mehr zu sehen. Nur die Hand ist noch bandagiert, und das Bein ist noch eingegipst.

Sobald sie Kira sieht schreit sie vor Freude: „Kira, da bist du ja endlich! Und es geht dir gut? Ich bin so erleichtert."

Die beiden Mädchen fallen sich in die Arme. Kira fängt an zu weinen. Das scheint ihr in den letzten Tagen ständig zu passieren. Es war doch eine sehr aufregende Zeit, und jetzt bricht es alles aus ihr heraus. Ihre Mutter streichelt ihr über den Kopf und reicht ihr ein Taschentuch. Der Physiotherapeut lächelt und verabschiedet sich. Er will die Mädchenparty nicht weiter stören und erklärt, dass er am frühen Abend erneut vorbeischaut.

Auch Frau Gösser gibt an, sich einen Kaffee holen zu wollen und lässt die Mädchen alleine. Die Tür ist noch nicht geschlossen, da geht das Gekicher schon los. Fine und Kira haben sich jede Menge zu erzählen.

Julia Gösser geht zu dem Aufenthaltsbereich. Sie nimmt in einem der bequemen Ledersessel Platz, schaut sich ein paar Minuten die Fische im Aquarium an und schließt dann erschöpft die Augen. Was für eine Aufregung. Wie gut, dass sich alles geklärt hat.

Plötzlich wird Julia Gösser angesprochen. Es ist der Chefarzt der Unfallchirurgie, Dr. Meister.

„Guten Tag, Frau Gösser. Schön, Sie wiederzusehen. Und diesmal auch unter angenehmeren Umständen. Ich habe in den letzten Tagen häufig und lange mit Josefine und ihren Eltern gesprochen. Herrn von Bodenhausen tut sein Verhalten sehr leid, und er ist eigentlich ein sehr netter, höflicher Mann. Und Josefine hat mir ausführlich von ihrer Situation erzählt, auch das sie gelernte Buchhalterin sind. Meine Abteilung hier im Krankenhaus sucht händeringend jemanden zur Unterstützung in der Buchhaltung. Es wäre eine 30-Stunden-Stelle, sodass sie noch genug Zeit für Ihre Kinder hätten. Ich würde mich sehr freuen, wenn Sie das Angebot überdenken würden. Es wäre sehr schön, mit Ihnen zusammenzuarbeiten."

Da ist Julia Gösser sprachlos. Wendet sich nun alles zum Guten?

Mit so einer Stelle wäre genug Geld da und Zeit für die Kinder hätte sie auch noch. Ohne wirklich darüber nachzudenken springt sie auf und umarmt den Arzt. Dann erst merkt sie, was sie da macht und senkt beschämt den Blick.

„Entschuldigung, aber ich freue mich so. Ja, ich nehme das Angebot sehr gerne an!"

Da lächelt Dr. Meister: „Das freut mich außerordentlich. Dann sollten wir zur Personalabteilung gehen und einen Vertrag vorbereiten."

Gemeinsam betreten Kiras Mutter und der Arzt den Aufzug. Julia Gösser hat das Gefühl, es ist eine Fahrt in ein neues Leben.

Im Patientenzimmer erzählt Fine gerade, dass sie noch mindestens drei Wochen den Gips am Bein tragen muss, dass der Bruch aber wohl gut verheilt. Die Fraktur an der Hand macht allen etwas mehr Sorgen. Hier wird es wohl noch etwas länger dauern, bis Fine wieder alles machen kann. Sie wird auch noch eine ganze Weile Krankengymnastik brauchen, aber die Chancen, dass die Verletzungen komplett ausheilen, stehen sehr gut.

Dann klopft es an der Zimmertür, und Fines Eltern betreten den Raum. Sofia von Bodenhausen strahlt die Mädchen an.

Ihr Mann lächelt: „Ich bin sehr froh, dass Kira uns halbwegs verziehen hat, sonst hätte sie gar nicht hören können, was wir ihr zu sagen haben."

Wissend und verschwörerisch wechseln Josefine und ihre Eltern vielsagende Blicke.

Kira stöhnt: „Oh nein, bitte nicht schon wieder irgendwelche Heimlichkeiten und Getuschel hinter meinem Rücken!"

Alle lachen.

Geheimnisvoll beginnt Fines Mutter: „Liebe Kira, du kannst natürlich ablehnen aber mit deiner Mutter habe ich schon gesprochen, und sie hat nach kurzem Zögern zugestimmt. Sie ist mittlerweile ganz begeistert von der Idee!" Und dann hört sich Kira den Plan der Familie von Bodenhausen an. Zunächst steht ihr vor Überraschung nur der Mund weit offen. Sie streckt ihre Hände nach vorne und schaut auf ihre vor Aufregung zitternden Finger. Dann freundet sie sich immer mehr mit dem Gedanken an und schließlich ist sie ganz aus dem Häuschen und jubelt.

„Vielen, vielen Dank! Das mache ich natürlich liebend gerne, und ich versuche, Sie alle nicht zu enttäuschen!"

Ende gut alles gut – Zauberpony

„Und nun sehen wir die Sechstplatzierte und damit noch gerade für die Kür Qualifizierte der regulären Dressuraufgabe: Famous Dancer mit Kira Gösser, Startnummer 214. Für alle Zuschauer noch einmal die Information: Kira Gösser reitet das für diese Prüfung qualifizierte Pferd von Josefine von Bodenhausen, weil diese nach einem Unfall noch nicht einsatzbereit ist. Nun sehen wir die Kür zu Musik. Viel Erfolg!"

Und dann startet die Musik.

Dancer weiß sofort, um was es nun geht. Die vielen Stunden harten Trainings mit Tausenden von Wiederholungen einzelner Kür-Elemente zahlen sich jetzt aus. Wie von selbst, setzt sich die Stute in Bewegung. Bei den ersten Schritten ist Kira noch sehr aufgeregt, aber dann ist es wie ein Tanz. Es ist, als wären Pferd und Reiterin zu einer Einheit verschmolzen. Jede Lektion passt genau zur Musik. Schließlich wendet Kira auf die Mittellinie des großen Turnierplatzes ab, hält vor den Richtern und grüßt.

Dann ertönt tosender Applaus. Hinter der Umrandung des Platzes stehen neben ihrer Familie, den von Bodenhausens auch die komplette Familie Habermann. Alle klatschen wie verrückt, was dazu führt, das Dancer laut schnaubt und auf der Stelle piaffiert. Mit Mühe kann Kira das Pony bändigen. Dann klopft sie dankbar und sehr glücklich Dancers Hals, und die beiden verlassen hochzufrieden den Dressurplatz.

Josefine kommt auf das Paar zu. Der Gips ist weg, und sie humpelt nur noch ganz leicht. Um die gebrochene Hand trägt sie noch eine Bandage: „Das habt ihr toll gemacht. Man konnte nur ganz wenige Unsicherheiten erkennen. Das wird bestimmt eine tolle Platzierung." Und tatsächlich hat sie recht.

Zum Sieg, den Fine mit Dancer bestimmt geschafft hätte, reicht es nicht. Aber durch die tolle Kür erreichen Kira und die schwarze Ponystute Platz 3. Das ist unglaublich, und Kira schwebt auf Wolken. Vor einem halben Jahr träumte sie noch davon, endlich mal wieder auf einem Pferd sitzen zu dürfen, und nun hat sich ihr ganzes Leben verändert. Sie schafft eine tolle Platzierung auf einem internationalen Turnier in Belgien, sie hat mit Josefine die allerbeste Freundin auf der ganzen Welt gefunden und mit Jakob jemanden, der nicht nur toll aussieht sondern sie wirklich mag.

Das allerschönste aber ist, dass ihre Familie wieder ein zufriedenes Leben ohne finanzielle Not leben kann. Kira steigt von Dancers Rücken und schaut zu ihrer Mutter. Die winkt ihr fröhlich zu. Der Mann neben ihr applaudiert begeistert. Kiras Mutter schaut ihn lächelnd an. Dr. Meister ist mit nach Belgien gereist und auch sonst ist er in den letzten Wochen irgendwie ein Teil der Familie geworden.

ENDE